DE DANGEREUSES FIANÇAILLES

CHARLOTTE BYRD

COPYRIGHT

toutes issues de l'imagination de l'auteur ou ont été utilisées pour encadrer la fiction. Toute ressemblance avec une personne vivante ou morte, des évènements ou lieux sont tout à fait fortuits. L'auteur reconnaît les marques ainsi que leurs ayants droit des différents produits cités qui ont été mis dans cette œuvre de fiction sans en demander la permission. La publication/utilisation de marques est non autorisée, non associée, à un sponsoring de ces marques.

Pour sauver la vie de mon père, je dois épouser quelqu'un que je déteste.

Il est arrogant et égoïste.

Il ne me veut que comme trophée.

Il ne me voit que comme un prix à gagner.

Mais je ne peux pas refuser.

Je regarde le diamant sur ma main gauche et m'avance vers l'autel.

C'est alors que je le vois, **lui**.

L'homme qui m'a montré que l'amour peut vous faire vibrer de partout.

Que se passera-t-il quand je devrais faire un choix ?

Que se passera-t-il quand la bonne chose à faire est profondément mal ?

« Charlotte Byrd est une auteure remarquable. J'ai lu beaucoup de ses livres, j'ai ri et pleuré. Elle a une écriture équilibrée avec des personnages brillants. Bravo ! » — Avis ★★★★★

« Rapide, sombre, addictif et percutant » — Avis ★★★★★

« Chaud, torride et une intrigue géniale. » — Christine Reese ★★★★★

« Oh la la... Charlotte a fait de moi une fan à vie » — JJ, Avis ★★★★★.

« La tension et l'alchimie sont au niveau d'alerte cinq. » — Sharon, Avis ★★★★★

« Chaud, sexy, le voyage fascinant d'Ellie et M Aiden Black. » — Robin Langelier ★★★★★

« Waouh. Tout simplement waouh. Charlotte Byrd me laisse sans voix et humble... Il m'a tenue en haleine. Une fois que vous l'ouvrez, vous ne pourrez plus le poser. » — Avis ★★★★★

« Sexy, torride et captivant ! — Charmaine, Avis ★★★★★

"Intrigue, luxure et de superbes personnages...
que demander de plus ?!" — Dragonfly Lady.

"Un livre incroyable. Une lecture excitante, très
divertissante, captivante et intéressante. Je ne
pouvais pas le poser." — Kim F, Avis
★★★★★

"C'est tout simplement la meilleure histoire.
Tout ce que j'aime et plus. Une histoire
tellement géniale que je la relirai encore et
encore. À conserver !!" — Wendy Ballard
★★★★★

"Il y a le nombre parfait de revirement de
situations. Je me suis sentie instantanément lié à
l'héroïne et bien sûr à M Black. MIAM. Le
roman est excitant, insolent, torride. Il est tout."
— Khardine Gray, auteur de romance à succès
★★★★★

INSCRIS-TOI À MA NEWSLETTER !

Tu veux être le premier à être informé de mes prochaines ventes, de mes nouvelles sorties et de cadeaux exclusifs ?

Abonne-toi à ma **Newsletter** et rejoins mon **Club de Lecteur** !

La trilogie de La maison de York

La maison de York

La couronne de York

Le trône de York

Série Secrets et mensonges

Secrets et mensonges

Secrets et révélations

Secrets et peur

Secrets et colère

Secrets et passion

Série Dis-moi d'Arrêter

Dis-moi d'Arrêter

Dis-moi de Partir

Dis-moi de Rester

Dis-moi de Fuir

Dis-moi de Lutter

Dis-moi de Mentir

Série Emmêlée Dans La Glace

Emmêlée Dans La Glace

Emmêlée Dans La Douleur

Emmêlée Dans La Dentelle

Emmêlée Dans La Haine

Emmêlée Dans l'Amour

À PROPOS DE CHARLOTTE BYRD

Charlotte Byrd est une auteure de best-sellers de romans contemporains. Elle vit en Californie du Sud avec son mari, son fils et un berger australien plein d'énergie. Elle adore les livres, le beau temps et les grandes eaux bleues.

Contactez-la ici : charlotte@charlotte-byrd.com

Trouvez ses autres livres ici : www.charlotte-byrd.com

Suivez-la ici : www.facebook.com/charlottebyrdbooks

Instagram : www.instagram.com/charlottebyrdbooks

Twitter : www.twitter.com/ByrdAuthor

Groupe Facebook : Charlotte Byrd's
Reader Club

Tu veux être le premier à être informé de mes prochaines ventes, de mes nouvelles sorties et de cadeaux exclusifs ?

Abonne-toi à ma **Newsletter** et rejoins mon **Club de Lecteur** !

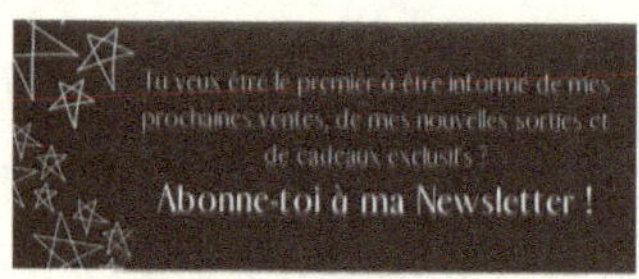

1

———

AURORA

Je le regarde de loin. Je sais qui il est même si j'ignore son nom. Il veut probablement tout ce que je possède. Il imagine que ma vie est merveilleuse et amusante et pleine de possibilités dont il ne peut que rêver. Ce qu'il ne sait pas, c'est à quel point je m'ennuie et je me sens seule.

J'ai mes parents, mes amis, mon cercle social et même mes grands-parents. Mais aucun d'eux ne me connaît vraiment. J'aimerais qu'ils me connaissent.

Même mon psy ne me connaît pas.

Partout où je vais, je porte un masque et ma vie est un mensonge.

Mon maquillage et ma robe sont mon armure.

Chaussures à mille dollars. Sacs à deux mille dollars. Robes à trois mille dollars.

Mon placard est aussi grand que la plupart des appartements une chambre à New York. Je peux tout acheter et donc je ne veux rien.

Mon psy pense que je suis déprimée. Elle m'a diagnostiquée un trouble anxieux et un stress post-traumatique et m'a prescrit des médicaments que je ne veux pas prendre. Je suis peut-être déprimée. Mais qui ne le serait pas ? J'ai la vingtaine et je peux faire tout ce que je veux. Le seul problème est que je ne veux rien faire.

Pendant l'année, je m'occupe en allant à l'école. Les cours me structurent la journée.

Je suis quatre matières par semestre et entre cela, les études, la salle de sport et une séance de spa hebdomadaire, je parviens à rester assez occupée pour oublier à quel point je m'ennuie.

Le week-end, mes copines, celles qui travaillent soixante heures par semaine comme stagiaires non rémunérés pour des designers, des musiciens et des peintres célèbres, insistent pour que je laisse mes livres et mes « amis » chiants à l'école doctorale et que je traîne avec elles à la place. Leurs fêtes sont généralement des orgies de deux jours avec promenades en hélicoptère et manoirs dans des lieux reculés. C'est un rêve pour tous et toutes, et dans mon cas, un cauchemar.

Elles disent « des amis » entre guillemets , en parlant de mes amis de fac, parce qu'elles savent que ces gens ne sont pas vraiment mes amis. Ce ne sont que des gens que je connais. Ce que mes amies ne savent pas, cependant, c'est qu'elles ne sont pas vraiment mes amies non plus. Elles sont simplement des filles que je connais depuis *plus longtemps*.

Ce gars avec ses yeux noisette, son sourire décontracté et ses vêtements bon marché pense probablement de moi la même chose que tout le monde. Que je ne suis qu'une petite fille gâtée à qui tout a été donné, que je n'ai jamais travaillé pour quoi que ce soit et que je ne mérite rien de ce que j'ai.

Je ne lui en veux pas. Une partie de moi le pense aussi. Que pourrait-on penser d'autre ? Mon père possède un empire médiatique et domine la société new-yorkaise depuis qu'il est entré en scène dans les années 80. Il possède des centaines de bâtiments et de maisons à New York et dans le monde. Tout homme d'affaires qui se respecte veut prendre sa place mais ne peut pas parce qu'il ne démissionnera jamais.

Je suis son aînée et il veut me préparer à prendre la relève, mais je sais que cela ne se produira jamais. Il n'est pas du genre à prendre sa retraite. Il n'est pas du genre à disparaître. D'ailleurs, je n'ai aucune envie de diriger un empire. Je veux me faire ma propre place dans ce monde, mais comment je ne sais pas exactement.

Mes parents ne comprennent pas cela, même s'ils le devraient. Ils se sont tous les deux construits à partir de rien et ils ont tous deux fait de Tate Media ce que c'est aujourd'hui. Ma mère n'était pas du genre à rester à la maison. Elle est la directrice financière de Tate et ce titre ne fait qu'effleurer la surface de ce qu'elle y fait.

Mes parents *sont* Tate Media. Ils ont construit la compagnie en partant de zéro, une station de radio en péril à la fois. Ils connaissent les tenants et aboutissants de toute l'entreprise et, malgré tout cela, ils ne m'ont jamais fait me sentir la bienvenue.

J'ai passé un long et misérable été là-bas au cours de ma deuxième année de fac, avec eux deux surveillant chacun de mes mouvements. Après cela, je n'ai rien dit de plus et je me suis promis de ne plus jamais y travailler.

Ce gars me regarde. Je m'assois dans un transat et pointe mes orteils. Je prends une gorgée de ma Margarita, en pinçant mes lèvres. J'ajuste mes lunettes de soleil Chanel et mon chapeau surdimensionné pour à la fois cacher mon regard et mieux le regarder.

Il est assez mignon et probablement pas stupide, dans une certaine mesure, mais je souhaiterais que les gens ne soient pas aussi prévisibles. Je sais exactement ce qu'il va dire avant qu'il le dise. Je sais exactement sur quoi il va me complimenter et à quoi il va prêter attention. Il n'y a pas de surprise, il sera comme une centaine d'autres personnes que j'ai rencontrées qui n'ont pas retenu mon intention.

Il s'approche de moi lentement. Je me prépare pour une phrase ennuyeuse. Il regarde profondément dans mes yeux, si profondément que je ne peux pas détourner le regard. Je tire mes lunettes de soleil sur l'arête de mon nez et j'attends qu'il ouvre la bouche. Ses lèvres se courbent, mais seulement légèrement.

— As-tu déjà lu Flannery O'Connor ?

Je m'assois sur mon siège, déconcertée. Hm… c'est intéressant.

— Bien sûr, dis-je en levant un sourcil.

— C'est l'une de mes écrivaines préférées, dit-il en écartant largement les épaules. Il tient une serpillère dans une main et de l'autre passe ses doigts dans ses cheveux.

La confiance qu'il dégage est agressive et un peu rebutante.

— Pourquoi ?

— J'étais juste en train de lire un de ses livres ce matin avant d'aller travailler, *Good Country People*. Tu connais ?

J'acquiesce.

— Vraiment ? demande-t-il comme s'il ne me croyait pas.

Il me tutoie et me défie, ce qui n'arrive pas souvent. Non, permettez-moi de rectifier cela. Ce ne m'est *jamais* arrivé.

— Ça parle de Joy, une athée de trente-deux ans et doctorante en philosophie qui vit avec sa mère spirituelle, dis-je en le regardant droit dans les yeux. Joy n'a pas de jambes parce qu'elle les a perdus dans un accident de fusil quand elle était jeune. Un vendeur de Bible vient les voir et sa mère croit qu'il est un bon gars de la campagne, comme on dit. Puis il invite Joy à sortir et c'est là que les choses deviennent, disons juste, intéressantes.

Il hausse les sourcils et s'éloigne de moi.

— Es-tu surpris ? demandé-je.

— Oui, pour dire la vérité, oui. Agréablement.

— Pourquoi ça ? je demande.

— Ce n'est pas très connu, dit-il avec un haussement d'épaules prononcé.

Je croise les bras sur ma poitrine et lève mon menton en l'air par défi.

— Tu pensais m'apprendre quelque chose ? je demande. Tu penses peut-être que je suis stupide ?

Il secoue la tête. Quand je le regarde dans les yeux, je n'arrive pas à me détourner de lui. Il y a quelque chose dans son regard qui m'attire, me convainc même qu'il ne pensait pas du tout que j'étais bête. C'était une véritable tentative de créer lien.

— Pendant leur rendez-vous, le vendeur de Bible la persuade de monter dans le grenier et d'enlever ses fausses jambes, dit-il. Ses mots sortent en douceur, naturellement même. Il lui montre ensuite l'intérieur d'une de ses Bibles qui contient une bouteille de whisky, des préservatifs et des cartes avec des femmes nues dessus.

— Quand elle dit non à ses avances, je termine l'histoire pour lui, le vendeur de Bible lui dit qu'il collectionne les fausses jambes et part avec les siennes.

— Qu'est-ce qui te plait dans cette histoire ? demande-t-il.

— Qui a dit que j'aimais cette histoire ? je lui demande.

Il sourit.

— J'en suis certain.

— Ah oui ? demandé-je.

— Tu la connais si intimement et si naturellement qu'elle a dû laisser une empreinte sur ton âme, dit-il.

Je regarde dans ses yeux. J'ai vingt-cinq ans et je n'ai jamais parlé avec un autre être humain de l'existence d'une âme. Pourtant, voici un inconnu, un simple employé sur le yacht de mon père, qui en parle comme si c'était une seconde nature, comme si c'était aussi réel que la gravité.

— Je pense que ce que j'aime, et ce que j'aime dans le travail de Flannery O'Connor en général, c'est son sens de l'ironie, dis-je. C'est comique. Le titre de l'histoire est *Good Country People*, et c'est exactement ce que sa mère pense que le vendeur de Bible est. Et pourtant, il est tout le contraire. Et même elle, avec son diplôme d'études supérieures, quelqu'un qui devrait être plus avisé, mais s'aperçoit de rien. C'est presque drôle. Mais là encore, ma propre mère pense que j'ai un sens de l'humour mal tourné.

— Je pense que nous avons le même, dit-il.

Nos voix s'éteignent et tout ce qui nous reste est un doux silence à la fois réconfortant et agréable. Je veux rester dans cet instant pour toujours mais nous sommes rapidement interrompus.

— Hé, tu as raté un super déjeuner ! As-tu eu une partie de ce temps *seule* que tu voulais ? demande Ellis Holte. Elle se laisse tomber sur la chaise longue à côté de moi et demande au gars à qui je parle de lui refaire un cocktail.

— Non, il ne fait pas ça, interviens-je. Mais il hausse juste les épaules et dit qu'il le fera quand même.

— Tu en es déjà à ce stade, vraiment ? demande-t-elle.

— Qu'est-ce que tu racontes ?

— Tu sais de quoi je parle, dit-elle, en pointant son index orné d'une bague en diamant de trois carats sur mon visage. Ce n'est pas un anneau de fiançailles, c'est un anneau *juste* pourquoi pas. Es-tu déjà en train de jouer avec le *personnel* ? je pensais que nous ne ferions cela que lorsque nous serions mariées depuis sept ans ennuyeux à mourir, pas en tant que célibataires.

— Je ne joue avec personne, dis-je sévèrement.

Je ne connais même pas son nom, je me le signale. Je passe ma langue sur ma lèvre inférieure et réprime l'envie de lui parler à nouveau. Pourquoi en ai-je même envie ?

Pourquoi suis-je si intéressée tout d'un coup ?

Il est l'une des seules personnes vraies, c'est le seul gars que j'ai rencontré qui ne m'ait pas ennuyée. Je ne pouvais rien prédire de ce qui allait sortir de sa bouche et j'en veux plus.

Malheureusement, je ne le revois que plus tard dans la nuit. Son patron surveille chacun de ses mouvements pour s'assurer qu'il fait du bon travail en nettoyant tous les ponts du bateau de mon père. Bien sûr, je pourrais monter et lui parler moi-même, mais je ne suis pas tout à fait prête à aller aussi loin hors de ma zone de confort.

Après avoir passé toute la journée à boire, à parler et à lire des magazines, les filles sont prêtes à prendre une douche, à se coiffer et à sortir pour une nuit en ville. À contrecœur, je suis le mouvement. Je suis prête avant le reste d'entre elles et je vais faire un tour autour du yacht, espérant le croiser à nouveau.

Lui. Ce gars dont je ne connais même pas le nom.

Bien que je ne le voie pas, je vois le manager. Monsieur Madsen a la soixantaine et qui a travaillé sur le bateau de mon père, supervisant tout le personnel, aussi longtemps que je me souvienne.

— Monsieur Madsen, savez-vous par hasard où je peux trouver le gars qui nettoyait les planches plus tôt dans la journée ? je demande le plus nonchalamment possible.

S'il veut me faire un sourire entendu, il ne le fait pas. Monsieur Madsen est l'incarnation du professionnalisme.

— Nous avions plusieurs personnes qui occupaient ce poste aujourd'hui. Henry Asher, Tom Cedar et Elliot Dickinson.

— Hum, il mesurait environ 1m80 avec de larges épaules et des cheveux noirs et épais.

— Oh, oui, vous faites référence à Henry Asher. Il est probablement en bas dans les quartiers de l'équipage.

— Merci beaucoup, dis-je en allant directement vers l'escalier.

Épouvanté, Monsieur Madsen se précipite vers moi et me bloque le chemin.

— Je vais, bien sûr, le faire monter à l'étage pour vous voir, Mlle Tate, dit-il rapidement. Si cela ne vous dérange pas d'attendre dans le salon.

Je ne veux pas vraiment attendre, mais je décide d'accepter. Les invités ne sont pas censés descendre dans les quartiers de l'équipage. C'est ainsi depuis la nuit des temps. Je ne veux pas vraiment que mes amis me voient y aller de toute façon.

Avant d'avoir la possibilité de jeter un coup d'œil à ma montre pour la deuxième fois en cinq minutes, il apparaît dans l'embrasure de la porte. Il a l'air aussi grand, sombre et beau que plus tôt dans la journée, mais cette fois, les angles de son visage et de ses muscles sont encore plus définis, le bronzage s'installe plus profondément sur sa peau.

— Salut, dit-il en baissant légèrement la tête avant de tourner ses yeux vers les miens.

— Salut, dis-je doucement.

— Tu voulais me voir ? Ses cheveux tombent légèrement sur son visage alors qu'il se penche sur le côté du mur comme une sorte de James Dean moderne.

Qu'est-ce que je dis maintenant ? C'est la première fois que je fais un premier pas vers un gars. Ça m'est étranger et pas naturel et pourtant passionnant en même temps.

— Je me demandais, dis-je lentement, si tu voulais me rejoindre à terre ce soir ?

Il lève les sourcils avant de sourire du coin de sa bouche.

— Bien sûr, dit-il avec confiance. Qu'avais-tu en tête ?

— Eh bien, j'allais sortir avec mes copines. Nous allons probablement aller danser ou quelque chose comme ça. Rien n'est gravé dans le marbre.

Henry s'approche de quelques pas et s'assoit sur le canapé juste à côté de moi. Je tourne mon corps vers le sien pour que nos genoux se touchent presque.

— Eh bien, si ce n'est pas gravé dans le marbre , dit-il, que penses-tu de faire autre chose à la place ?

— Comme quoi ?

— Un dîner dans l'un de mes stands de tacos préférés ? Suivi de quelques verres dans un bar de marins merdique mais incroyablement amusant ?

N'importe qui d'autre dans sa position essaierait de m'impressionner en m'emmenant dans un restaurant chic cinq étoiles pour fouiller dans la carte des vins. N'importe qui d'autre essaierait de prétendre qu'ils étaient beaucoup plus mondains que ça, même si nous savons tous les deux qu'il travaille comme équipage sur le bateau de mon père.

Mais pas lui.

Je suis intriguée et surprise par son audace. Il est une bouffée d'air frais tellement enivrante que ça me laisse désorientée.

2

HENRY

Au début, je pensais qu'elle était comme les autres. Riche, gâtée et complètement déconnectée de la réalité. Je n'avais aucune intention de lui parler. Oui, elle est jolie, magnifique même, mais il y a plus chez une femme que de la beauté, ou en tout cas il devrait y avoir plus que ça.

Mais en la regardant ce matin-là, j'ai vu qu'elle était différente de ses amies. Elle ne riait pas autant, c'était superficiel au mieux. Elle souriait encore moins. C'était comme si elle était obligée d'être là. C'était comme si elle ne faisait que les tolérer.

Mais c'est son bateau, ou plutôt c'est le yacht de son père. Comment pourrait-elle être différente ? Il est difficile d'expliquer ce qui m'est arrivé cet après-midi-là, quand je l'ai vue assise seule sur le pont pendant que ses amies grignotaient leurs salades, s'enivraient de rosé et prenaient des selfies.

Pourquoi ne les a-t-elle pas rejoints ?

Que lit-elle sur sa tablette ?

Il faudrait que ce soit quelque chose de stupide, non ? Il n'y a pas moyen qu'elle puisse savoir quoi que ce soit de la *vraie* littérature.

C'est pourquoi je l'ai abordée en premier lieu ; pour la blague.

Je voulais dire quelque chose de significatif et étant qui je suis, Flannery O'Connor était la seule chose qui me vint à l'esprit. Et c'est là que les choses sont devenues intéressantes. Une obscure écrivaine du 20e siècle m'a en quelque sorte ouvert la porte à quelqu'un à qui je n'avais même pas envie de parler.

Après que ses amies soient revenues, Monsieur Madsen m'a fait la leçon sévèrement sur mon interaction avec la fille du propriétaire. Il m'a mis en bas pour nettoyer toutes les chambres superposées, les planchers, les toilettes et toutes les autres sales taches qu'il pouvait imaginer. Je ne l'ai pas revue du reste de la journée jusqu'à ce qu'elle m'appelle à l'étage et me demande de sortir avec elle.

Elle m'a proposé un *rendez-vous*, même si elle l'a fait d'une manière très subtile. Elle m'a demandé de sortir avec tout le groupe comme si nous étions amis, et comme si je pouvais m'intéresser à quelqu'un d'autre qu'elle.

Non, elle est la seule qui m'intéresse. Elle est la seule que je veux connaître.

Nous prenons un canot du yacht jusqu'au rivage, et sur le chemin, Ellis Holte murmure des choses à l'oreille d'Aurora, me jetant parfois un coup d'œil. Je ne peux pas vraiment entendre ce qu'elle dit avec le bruit du bateau qui fend les vagues et son moteur rugissant. Je peux seulement espérer qu'elle ne la fasse pas changer d'avis. Quand nous arrivons à terre, elle fait un pas vers moi et attrape ma main. J'utilise Lyft, une application de taxi, sur mon téléphone et elle laisse Ellis et ses autres amies seules sur le quai.

— Alors, c'est ça ton endroit préféré où manger ? demande Aurora, en regardant la devanture la tête penchée.

Je ris.

— Je sais que cela ne ressemble pas à grand-chose, mais crois-moi, c'est les meilleurs tacos au poisson de l'ensemble des Hamptons.

Elle observe, pas vraiment impressionnée. Je dois admettre que Jack's Crab Shack a connu des jours meilleurs. Ils avaient un endroit pour s'asseoir à l'intérieur, mais l'une des grandes tempêtes cet hiver a inondé le restaurant et ils n'ont jamais rouvert cette partie au public.

Maintenant, le restaurant ressemble à un fast-food. Vous commandez ce que vous voulez à travers une fenêtre en verre et récupérez la nourriture à une autre fenêtre. Il y a une dizaine de tables de pique-nique en bois devant où vous pouvez vous enfouir les pieds dans le sable mais elles sont toutes occupées. Elle ne sait pas quoi commander, alors je commande pour elle.

Au moment où nos tacos sont prêts, l'une des tables de pique-nique se libère. Prenant une gorgée de son Sprite, elle me regarde et secoue la tête.

— Quoi ? je demande, haussant les épaules. Elle secoue de nouveau la tête et mord dans son tacos au poisson.

Dès qu'elle avale, je peux dire que je l'ai convertie.

— C'est bon ? demandé-je. Elle acquiesce vigoureusement et prend rapidement une bouchée de plus, puis une autre et une autre.

Une fois que son taco a disparu sous mes yeux, elle tend la main vers le mien. Au début, je proteste mais elle secoue la tête et met son index pour m'arrêter et je cède rapidement.

Après avoir terminé, elle prend quelques gorgées de plus de son verre et se lève.

— Oh mon Dieu, je suis vraiment désolée, dit-elle. Je ne voulais pas manger tout ton dîner.

— Si, je souris. Je lui donne un petit coup de coude et elle me repousse.

— Laisse-moi me rattraper.

Je la suis jusqu'au bout de la queue, qui a considérablement augmenté depuis la dernière fois.

— Je ne peux pas croire que tu viens de manger mon dîner, dis-je en secouant la tête. Qu'est-ce que c'était que ça ?

— J'avais faim, dit-elle en inclinant la tête et en souriant largement.

— Ce n'est pas une excuse pour ce manque de manières.

— Manque de manières ? demande-t-elle. Tu viens de m'emmener en rendez-vous dans l'un des endroits les plus lugubres de tous les temps !

— Et alors ? C'est délicieux. Toi, moi et tout le monde dans cette queue le sait. Tu as mangé ton dîner et le mien en cinq bouchées.

— Oui, je ne conteste pas cela, dit-elle. Tout ce que je dis, c'est que ce n'est pas le genre de premier rendez-vous dont j'ai l'habitude.

— As-tu déjà mangé comme ça lors de tes autres premiers rendez-vous ? je demande.

Elle secoue la tête d'un côté à l'autre.

— Et combien de ces premières rendez-vous ont donnés lieu à des deuxièmes et troisièmes rendez-vous ? je demande.

Elle se met à rire.

— Qu'est-ce qui est si drôle ? je demande.

— Eh bien, tu sembles être si certain qu'il y aura un deuxième rendez-vous.

— Je le suis.

— Et pourquoi donc ?

Je n'ai pas de réponse. Je regarde juste dans ses yeux et je m'y perds. Elle ouvre un peu la bouche pour dire autre chose et je ne peux m'empêcher de la toucher.

Je touche sa lèvre inférieure avec mon pouce, écartant légèrement ses lèvres. Je me rapproche d'un pouce. Ma main coule le long de son cou puis monte vers ses cheveux. Je penche ma tête vers la sienne et ouvre la bouche.

Lorsque nos lèvres se touchent, ma langue cherche la sienne. J'enfonce mes mains dans ses cheveux, tirant légèrement.

Elle ouvre la bouche plus large et m'embrasse à nouveau. Je goûte à la fois l'air salé et la chaleur de son corps. J'enroule mes bras autour de sa taille et je sens ses doigts et ses ongles s'enfoncer dans mon dos. Elle envoie des frissons le long de ma colonne vertébrale qui affaiblissent mes genoux.

Qui es-tu ? je me demande. Et où as-tu été toute ma vie ?

3

___

AURORA

Le baiser me prend complètement par surprise et pourtant, c'est la chose la plus naturelle au monde. Le moment est parfait. Ses lèvres sont douces et ferventes. Ses mains sont délibérées et conscientes. Tirant sur mes cheveux, il passe doucement ses doigts le long de mon cou. Chacun de ses mouvements accélère un peu mon souffle, suivant le rythme de mon cœur.

— Qui es-tu ? je lui demande quand nous nous éloignons l'un de l'autre.

Mes yeux se concentrent profondément sur les siens. Il y a des taches de vert, de jaune et de bleu dans ses yeux et ils scintillent sous les lumières fluorescentes du restaurant à tacos.

— Que veux-tu savoir ?

— Tout.

— Je suis Henry Asher. J'ai vingt-sept ans. J'habite à New York. J'ai grandi à Montauk, pas très loin d'ici, dans une maison à deux chambres avec ma mère. Elle y vit toujours. Montauk est un endroit que personne ne quitte vraiment, alors déménager à New York il y a quelques années est l'un de mes plus grands accomplissements. Ça et d'avoir fait publier ma nouvelle dans le New Yorker. À ton tour.

Ma bouche s'ouvre. Je le regarde avec incrédulité.

Personne n'est aussi honnête avec un parfait inconnu. Pourquoi n'essaie-t-il pas de m'impressionner comme tout le monde là-bas ? À quel genre de jeu joue-t-il ?

— Tu ne vas pas me dire qui tu es ? demande-t-il.

— Tu sais déjà, non ?

— Je sais certaines choses, je suppose.

— Comme ça ?

— Comme ton nom, Aurora Penelope Tate et que tes parents dirigent Tate Media. Ton père possède ce yacht sur lequel nous flottions toute la journée et tu ne sembles pas beaucoup aimer tes amies.

Je le regarde, croise les bras et m'éloigne même d'un pas.

— Qu'est-ce qui te donne cette impression ? je demande, sur la défensive.

Il ne se trompe pas, je suis juste gênée par la façon dont il me lit si facilement alors je pensais que personne ne pouvait connaître la vérité.

— Juste en voyant la façon dont tu es avec elles. Distante. C'est comme si tu tolérais simplement leur présence.

— Elles sont un peu extra parfois, oui, j'avoue. Mais cela ne signifie pas que je ne les aime pas.

Il incline la tête, pas convaincu.

Ce qu'il vient de dire est bien sûr la vérité, mais c'est un inconnu et cela va trop loin.

— Alors, y a-t-il autre chose que je devrais savoir ? demande-t-il.

Nous sommes presque à la fenêtre mais les gens devant nous commandent vingt tacos donc nous ne sommes pas aussi proches que je le pensais.

— Eh bien, tu as l'air de déjà tout savoir, je ne sais pas quoi te dire d'autre.

— Je suis sûr qu'il y a plein de choses, dit-il, refusant de détacher son regard de moi.

Son regard est si intense que je ne peux pas m'en détourner. Quand j'essaye, je ne peux pas.

— Dis-moi quelque chose... de vrai *pour toi*, dit-il.

Ce n'est pas comme ça qu'un premier rendez-vous est censé se passer. Il doit y avoir beaucoup de plaisanteries, de rires et de conversation superficielle.

Mais Henry est tellement intense, et cette intensité est complètement désarmante. Je suis tentée de lui faire la remarque, mais je ne veux pas gâcher le moment. Il veut savoir quelque chose sur moi. Il est la première personne depuis très longtemps à ne pas me voir comme une héritière, un trophée ou simplement une extension de mes parents. Pourquoi cela me fait-il autant peur ?

— Je sais que je veux faire quelque chose d'important avec ma vie, mais je ne sais pas ce que c'est, dis-je finalement. Tout le monde veut que je sois quelqu'un d'autre. Mes parents veulent que je sois la fille parfaite et l'héritière parfaite de leur fortune. Mes amies veulent que je sois la petite amie parfaite, quelqu'un qui rit de leurs blagues même quand elles sont stupides, et boit beaucoup trop et discute de ce que tout le monde porte. J'essaie d'être ces choses pour les gens de ma vie, mais la plupart du temps, cela me rend malade. Et plus le temps passe, plus j'ai peur qu'ils découvrent la vérité sur moi.

— Qui est ?

— Que je ne suis pas leur fille ou amie parfaite, et je ne suis pas intéressée par diriger Tate Media.

— Et si tu l'étais, dit Henry. Que se passe-t-il alors ?

Je hausse les épaules. Il attend.

— Je ne sais pas, murmuré-je. Je ressens juste cette énorme pression sur mes épaules tout le temps, d'être cette personne pour tout le monde, cette personne que je ne suis pas du tout. J'ai peur de le dire à qui que ce soit, car la vérité est que je ne sais pas vraiment qui je suis, sauf que je ne suis pas *elle*.

— Comment puis-je vous aider ? demande la caissière à travers la vitre.

— Nous sommes de retour, dis-je.

— Cela arrive, dit-elle, complètement imperturbable et peu impressionnée.

Henry commande deux tacos pour chacun de nous et refuse de me laisser payer.

— Je n'ai peut-être pas beaucoup d'argent, Aurora. Mais je peux certainement me permettre quatre tacos au Jack's Crab Shack. Il sourit et je ris.

— Je n'insinuais pas que tu ne pouvais pas, j'essayais juste d'être gentille.

— Eh bien, tu as rendez-vous avec moi, pourquoi ne me laisse-tu pas m'inquiéter d'être gentil ? De plus, nous allons dans un bar après cela, donc tu pourras couvrir cet onglet si tu veux.

Il enroule son bras autour de mon épaule, me rapprochant de lui. Quand je lève les yeux, ses lèvres entrent en contact avec les miennes. Les gens derrière nous doivent nous pousser physiquement pour nous faire bouger. Une partie de moi est gênée par toutes ces démonstrations publiques d'affection, mais une autre partie de moi ne s'en soucie pas du tout. Je veux l'embrasser autant que je veux et je veux qu'il m'embrasse aussi longtemps qu'il le veut.

Lorsque notre nourriture est prête cette fois-ci, nous n'avons pas autant de chance de trouver une table, alors nous emmenons nos tacos vers la plage. La brise qui sort de l'eau est douce et chaude et l'océan rugissant d'il y a seulement quelques mois n'est rien d'autre qu'un souvenir. Nous passons devant les herbes et les buissons qui se dispersent le long du littoral et trouvons une dune tranquille où nous pouvons être seuls.

Je n'arrive à manger qu'un tacos cette fois, le regardant engloutir les trois autres. Une fois rassasiés, je m'appuie contre son épaule et regarde les vagues se briser devant nous. Elles ne sont pas très grosses aujourd'hui, rien à surfer, mais c'est aussi ce qui les rend calmes et relaxantes.

— Que fais-tu à travailler sur le bateau de mon père si tu vis à New York ? je demande.

— Les jobs d'été sont très bien payés et je suis de toute façon en congé pendant cette période. Donc, j'ai pensé que je rentrerais à la maison, passer du temps avec ma mère tout en gagnant de l'argent.

— En congé ?

— J'enseigne au lycée pendant l'année.

— Pourquoi je ne t'ai pas vu avant ? Est-ce ton premier été ?

— Le travail sur le bateau de ton père est temporaire. Je remplace quelqu'un. Normalement, je travaille au Southampton Yacht Club.

— Que fais-tu là-bas ? je demande.

— Un peu de tout, mais surtout barman. J'y travaille depuis mes quinze ans. Je peux donc récupérer tous les services de barman.

— C'est la meilleure position ?

— Oui, il acquiesce et rit, probablement de ma naïveté.

— C'est là que tu donnes tous les conseils. Et les gens l'été, enfin les généreux, laissent de bon pourboires.

Soudain, j'ai une envie irrésistible d'en savoir autant que possible sur lui. Je veux savoir où il est né. Je veux savoir à quoi il ressemblait en grandissant. Je veux savoir si quelqu'un l'a blessé ou lui a brisé le cœur. Je veux en savoir plus sur sa mère.

Mais quand je me tourne pour lui faire face et ouvre la bouche pour parler, il m'embrasse. Le baiser est doux et aéré, se déplaçant avec les vagues. Je me blottis confortablement dans sur son torse, remarquant à quel point mon corps s'adapte bien au sien.

Il enroule ses bras autour de moi et j'entrelace mes jambes avec les siennes.

Ses doigts coulent sur mes côtes tandis que sa langue trouve la mienne. Je cambre mon dos contre son ventre mince et fort. Je sens la bosse de son pantalon grossir tandis que j'appuie mes fesses contre lui.

Je suis sur le point de dire quelque chose quand ses mains commencent à descendre le long de mes seins. Mes mamelons se redressent comme s'ils avaient été réveillés d'un sommeil profond. Mon être tout entier est dynamisé. Je me cambre encore et encore alors que ses doigts commencent à me masser. Ses mains sont douces mais fermes et conscientes. Elles sont délibérées comme le reste de son corps. Il sait manipuler mon corps comme s'il l'avait fait un million de fois auparavant. Il y a une force à cela et le sentiment est complètement désarmant.

Le son d'un rire éclatant interrompt notre étreinte. Il provient d'un troupeau d'adolescents qui contournent la dune et installent leurs couvertures juste à côté de la nôtre. Tous sont trop ivres pour remarquer ou se soucier de notre présence. L'un d'eux allume un feu et un autre fait exploser de la musique avec un haut-parleur. Les autres commencent à danser en balançant leurs hanches et leurs épaules d'un côté à l'autre, dans la même direction.

— Et si nous allions ailleurs ? demande Henry.

J'acquiesce.

Il tend sa main pour m'aider à me relever. Je veux aller d'un un coin privé, où nous pouvons être seuls et ensemble. Je veux sentir ses mains sur moi et moi sur lui, mais il ne suggère pas un endroit intime. Au lieu de cela, il prend mon bras et m'emmène vers un bar bruyant.

— Cet endroit fait des cocktails aussi bons que ceux des bars artisanaux de Manhattan. Et ils ne coûtent pas dix-huit dollars le verre, dit-il.

Je ne veux pas rentrer parce que je veux le garder pour moi. Mais c'est trop tôt. Nous venons de nous rencontrer. Je regarde le menu que le barman me tend et commande rapidement la première chose que je repère, une Margarita au concombre.

Le bar est occupé mais nous parvenons à trouver une place dans un coin sombre, à l'écart de la musique qui résonne des haut-parleurs. Tous les autres s'efforcent à parler, hurlant du haut de leurs poumons pour à peine se faire entendre.

Mais ici, dans notre petit espace, la musique est au bon niveau. Elle définit l'ambiance sans être accablante ou désagréable. Quand nos boissons arrivent, je le regarde prendre une gorgée de son Old-Fashioned avant d'essayer ma Margarita.

— Wow, c'est vraiment bon. , dis-je, hochant la tête et notant que tous les ingrédients sont frais. Rien n'est préemballé ou surgelé.

— Ils font tout eux même, dit-il.

— Je suis choquée qu'ils aient le temps de le faire étant donné le monde.

— Un secret peu connu du secteur de la restauration est qu'il est en fait beaucoup moins cher de faire des choses à partir de zéro, dit-il avec un haussement d'épaules. Mais cela prend un peu plus de temps. Je connais le propriétaire de cet endroit, je suis allé au lycée avec son fils, et il est très *vieux jeu*. C'est pourquoi cet endroit est aussi populaire.

Nous buvons nos boissons en silence pendant quelques instants et il prend ma main dans la sienne. J'aime la façon dont il passe son pouce sur le dos de ma main et je ne peux m'empêcher de laisser mes doigts s'entrelacer avec les siens, mais notre solitude ne dure pas.

Un gars avec une coupe de cheveux cool s'approche et Henry se lève rapidement pour lui faire la bise. Il appelle rapidement plus de trois de ses amis et ils s'embrassent tous, échangeant des poignées de main compliquées. Henry me présente comme Aurora Tate, mais le nom ne fait tilt pour personne. Au lieu de cela, ils lui posent des questions sur le yacht club. Je n'ai jamais entendu personne parler de nous comme ça auparavant. Ils pensent aux riches comme d'autres pourraient penser aux animaux du zoo ; quelque chose d'exotique, quelque chose digne d'admiration mais quelque chose de complètement différent d'eux. Le yacht club est l'épicentre et ils en parlent avec un mélange de jalousie et de mépris oscillant entre haine et envie.

4

———

HENRY

JE NE VOULAIS PAS PARTICULIÈREMENT VOIR
mes amis ce soir, mais il n'y a pas moyen de les
éviter. Au début, je pensais qu'ils allaient
reconnaître Aurora, à cause des magazines à
potins dans lesquels elle est souvent présentée,
mais non.

Au lieu de s'intéresser à elle, ils parlent d'eux-
mêmes. Une demi-heure est tout ce que je vais
leur donner, je décide. Ce sera suffisant pour ne
pas être impoli, sembler passer du temps avec
eux, puis couper court car nous voulons être
seuls.

Taylor Portman, bien sûr, domine la
conversation. Il est grand et attrayant et il le sait.

Il termine son dernier semestre au City College et son rêve est de gagner des millions à Wall Street.

Je l'ai rencontré dans mon quartier, mais il a environ quatre ans de moins que moi. Une fois, après plus de quelques verres, j'ai fait l'erreur de lui dire que je voulais être écrivain et depuis, il se moque de moi en permanence. Les moqueries ont empirées lorsque j'ai fait publier ma nouvelle dans le New Yorker, la quintessence du succès, et que j'ai été payé 320$ pour mes efforts. À huit cents le mot, le salaire est haut pour un magazine littéraire et pourtant dérisoire en même temps.

Ce soir ne fait pas exception. Dès que Taylor a deux bières en lui, il s'en prend à moi.

— Tu sais ce que ce gars fait dans la vie, non ? demande-t-il. Quand elle ne répond pas, il se couvre la bouche et rit. Oh, merde, est-ce que je viens de faire éclater ton secret ?

— Je sais qu'il est écrivain.

— Attends, c'est ce que tu es ? Ou es-tu simplement un aspirant écrivain ? poursuit-il. Parce que je pense qu'il faut payer le loyer avec ton travail si tu veux pouvoir te considérer comme tel.

Je déteste quand il est comme ça ; dur et cruel. J'essaie de me rappeler pourquoi nous sommes amis.

— Tu en parles comme si tu pensais que c'est mal, dit Aurora à Taylor.

— Eh bien, il faut admettre que c'est un peu idiot. C'est comme vouloir être astronaute.

— Mais tu reconnais , lui lance-t-elle, qu'il y a des gens qui sont des astronautes.

— Oui bien sûr.

— Alors, pourquoi est-ce si mal de vouloir en être un ?

— C'est tellement... irréaliste. En fait, être astronaute est probablement beaucoup plus réaliste qu'être écrivain. De nos jours. Je veux dire, qui diable a encore le temps de lire ? Je n'ai pas raison ?

— Non, dit-elle sévèrement. Tu te trompes. Il y a beaucoup de gens qui aiment lire et il y a beaucoup de gens qui gagnent leur vie en écrivant. Ce que tu ne sais pas à ce sujet pourrait remplir un océan.

Taylor plisse les yeux et lui lance un regard noir. Mais elle ne vacille pas. Au lieu de cela, elle écarte les épaules et s'assoit.

— Désolé, je ne voulais pas rendre tout si tendu. Es-tu également écrivaine ? demande-t-il en buvant une gorgée de bière.

— Non, dit-elle sans vaciller dans son regard. Je suis Aurora Tate, de Tate Media. Tu as peut-être entendu parler de nous ?

La bouche de Taylor tombe. Elle se penche plus près et effleure le bas de son menton pour le fermer.

— Quel est le problème ? demande-t-elle. Tu as donné ta langue au chat ?

MES AMIS ne restent pas longtemps après ça. Un groupe de jolies filles du coin arrive et elles s'éloignent à la recherche d'un corps chaud. Taylor traîne plus longtemps.

Je ne sais pas ce qu'il attend, mais on a certainement l'impression qu'il attend quelque chose. Finalement, une jolie fille s'approche de lui et il s'éloigne enfin. Aurora termine sa Margarita et en demande une autre, avec un verre d'eau.

— Je dois rester hydratée, dit-elle, sinon, tout cet alcool va aller directement à ma tête.

— Bien sûr, dis-je. Tu n'as pas besoin d'expliquer.

J'ai déjà terminé deux Old-Fashioneds, et je bois mon troisième. Je ne suis pas un grand amateur d'alcool, mais être ici avec elle me rend nerveux.

Quand notre prochain verre arrive, je me tourne vers elle et lève mon verre.

— Je veux te remercier.

— Pourquoi ?

— Je tiens à te remercier d'avoir résisté à Taylor. Il a la fâcheuse habitude de se moquer de moi. Peut-être que je n'aurais jamais dû lui dire la vérité, mais à un moment donné, j'ai pensé que nous étions amis. C'est la seule raison pour laquelle il sait que j'écris.

— Habituellement, tu n'en parles à personne ? demande-t-elle, surprise.

Je hausse les épaules et regarde la table.

— C'est une chose difficile à dire, j'avoue. Tout le monde ne comprend pas, ajouté-je. Je ne sais pas exactement pourquoi c'est si difficile, mais en quelque sorte, le dire aux gens, c'est comme révéler cette partie secrète de moi.

— Tu n'as eu aucun problème à me le dire plus tôt dans la journée, fait remarquer Aurora. Je hausse les épaules.

— Tu es une inconnue et franchement, je ne savais pas comment tu allais réagir. Je suppose que je ne pensais pas avoir quelque chose à perdre.

— Comme tu es courageux, dit-elle avec un sourire, consciente du fait que ce que je vienne de dire est un mensonge.

Je triture une petite saleté sur la table avec mon index. Elle ne se détache pas. C'est juste une

malfaçon, alors je mets ma paume à plat contre
pour sentir le creux.

— Alors, tu ne penses pas que je suis stupide de
faire ce que je fais ? je demande.

— Non, pas du tout, dit-elle en secouant la tête.
En fait, je pense que tu es très courageux.

— Courageux ?

— Tu poursuis tes rêves, quoi de plus courageux
que ça ?

Je prends sa main dans la mienne, me demandant
si elle est bien réelle.

— De plus, ça fait du bien de rencontrer
quelqu'un qui n'est pas seulement après l'argent,
dit Aurora.

— Ouais, dis-je. Je suppose qu'il est difficile de
trouver un homme à New York qui ne soit pas
particulièrement intéressé.

— Tu ne sais pas à quel point c'est vrai. Elle rit.

— Et tes amies ? je demande.

— Quoi ?

— Que penseraient-elles si elles avaient entendu parler de moi ?

— Elles penseraient que je suis plus bête qu'elles ne le pensaient déjà, dit-elle en levant les yeux au ciel et en prenant une autre gorgée. C'est censé être une blague, mais la dérive faiblit.

— Est-ce que ça va ? je demande.

Elle hausse les épaules et détourne le regard.

— Je ne veux pas vraiment parler de mes amies, dit-elle. Parlons d'autre chose.

5

HENRY

Nous ne restons pas longtemps au bar car il devient de plus en plus bruyant à chaque heure qui passe. Au lieu de cela, nous partons en promenade. Je lui tiens la main alors que nous serpentons dans les rues désertes de la petite ville d'été où personne ne marche et où tout le monde conduit.

Étonnamment, les rues accueillent les piétons et nous apprécions la vue sur la grande étendue de pelouses et les saules pleureurs, ainsi que quelques chênes épais.

— As-tu grandi dans une maison comme celle-ci ? demande-t-elle en désignant une énorme maison de quatre chambres sur deux hectares.

Je la regarde et secoue la tête d'un côté à l'autre. Elle incline la sienne comme si elle ne savait pas de quoi je parle.

— Penses-tu vraiment que je serais pauvre si j'avais grandi dans une maison comme celle-ci ? demandé-je.

Elle regarde à nouveau la maison.

— C'est probablement seulement 500 mètres carrés, dit-elle. Ce n'est pas très grand. Pas pour une maison à la campagne.

Je veux rire mais je ne veux pas la faire se sentir mal. Au lieu de cela, je lui dis que ma propre maison fait environ 80 mètres carrés.

— Attends une seconde, dit-elle, je pensais que tu avais grandi dans un trois pièces ?

— Oui, j'acquiesce.

— Eh bien, ce n'est pas assez grand, non ?

Je hausse les épaules.

— C'est tout ce que ma mère pouvait se permettre. Mon père est parti quand j'avais deux ans et je ne l'ai plus revu depuis. Elle n'a qu'un diplôme d'études secondaires, donc elle n'était pas qualifiée pour obtenir un emploi mieux payé que caissière à l'épicerie locale. C'est ce qu'elle a fait pendant des années.

— Combien ça paie ? Sa demande me prend par surprise et je secoue la tête non. Je ne veux pas répondre.

— Je suis désolée, s'excuse-t-elle. Je n'aurais pas dû demander ça. Je ne voulais pas te gêner. Je n'ai jamais vraiment parlé à quelqu'un qui venait d'aussi peu.

Je secoue de nouveau la tête.

— Cela semble terrible, dit-elle.

— Ça l'est en effet, je suis d'accord.

— Je n'aurais pas dû demander.

J'y pense un instant.

— Non, je suis content que tu l'aies fait. Que dis-tu de ça ? je vais te raconter les détails de ma vie et toi les détails de la tienne. Parce que je n'ai jamais vraiment parlé à quelqu'un d'aussi riche.

Aurora sourit, repoussant ses cheveux derrière son oreille et me serre la main.

— Ma maman a gagné le salaire minimum pendant une vingtaine d'années.

— Et un salaire minimum, c'est quoi exactement ? demande Aurora.

— Il était d'environ 7,15 $ quand j'étais petit et ils l'ont élevé à 11,10 $.

— De l'heure ? elle halète et secoue la tête. Et elle travaille quarante heures par semaine ?

— Non, elle travaille généralement soixante heures par semaine. Et ce n'est toujours pas suffisant. Le loyer est de 1 300 $, puis il y a la nourriture, les services publics et toutes les factures médicales.

Je détourne le regard, soudain une montagne de culpabilité me couvre comme s'il s'agissait d'une avalanche. Peut-être que j'aurais dû être un meilleur fils. Peut-être aurais-je dû prêter plus d'attention à l'argent et ne pas avoir été simplement là à poursuivre mes rêves insensés.

Mais c'est ma mère qui m'a toujours encouragée à aller chercher ce que je veux. C'est elle qui a dit que c'était correct de poursuivre le diplôme que je voulais à l'université. C'était elle que je voulais voir mes rêves devenir réalité.

Ça me fait me sentir encore pire. Peut-être que j'aurais dû obtenir un diplôme en finance et avoir passé les cinq dernières années à travailler à Wall Street et à envoyer chaque centime de cela à la maison pour lui faciliter la vie, mais la vérité est qu'elle ne l'aurait jamais accepté.

Elle a toujours dit que le plus injuste dans le fait de ne pas en avoir assez, c'est de compromettre ses rêves. Elle a toujours voulu plus pour moi. Je n'entre pas dans tous ces détails avec Aurora, au lieu de cela je dirige la conversation vers elle.

— Et toi ? je demande. Combien gagne ton père ?

— Eh bien, c'est en fait mon père et ma mère. Elle est la directrice financière là-bas.

J'attends qu'elle réponde à ma question.

— Vas-tu me dire combien ?

— C'est difficile à dire, dit-elle avec un léger haussement d'épaules. Mais ils figurent tous les deux sur la liste des personnes les plus riches de Forbes au monde.

— Qu'est-ce que cela signifie exactement ? je la presse.

— Je ne sais pas quelle est leur valeur nette exacte, car il existe différentes façons de calculer cela, mais c'est des milliards. Beaucoup, beaucoup de milliards.

— C'est tellement d'argent, c'est en fait difficile à comprendre, j'avoue.

— Je sais exactement ce que tu veux dire, dit-elle avec un haussement d'épaules. C'est stupide mais j'ai l'impression que peu importe ce que je ferai dans ma vie, ce ne sera jamais assez bien. Je ne pourrai jamais sortir de derrière leur ombre.

— Et qu'est-ce que tu veux faire ? je demande. Haussant les épaules, elle regarde le sol.

— C'est tout le problème, dit-elle. Je n'ai aucune idée. Je sais ce qu'ils veulent que je fasse, mais je ne sais pas exactement si je peux le faire.

— Qu'est-ce que c'est ?

— Ils veulent que je reprenne l'entreprise.

— Tu ne veux pas ?

— Ce n'est pas ça, c'est plus que je ne sais pas si je peux. C'est leur bébé, plus que tout, et ils veulent que je l'élève exactement comme ils le feraient. Ils veulent que je le fasse exactement comme ils le feraient.

— C'est impossible.

— Ouais, va leur dire ça, Aurora rit. En plus de cela, ils ne me font pas confiance pour prendre des décisions.

— Donc tu n'en as pas envie ?

— Pas dans ces conditions, mais je ne sais pas si je vais avoir le choix.

— Que veux-tu dire ? je demande. Elle prend ma main dans la sienne et me fait un faible sourire.

— Ne parlons plus de ça. Je n'ai pas l'énergie.

Ses désirs sont des ordres. Je ne la presse plus. Au lieu de cela, j'essaie de la faire rire. Je fais des imitations, celles que j'ai moi-même apprises à faire via YouTube et celles qui ont toujours bien fonctionné avec ma mère.

Président Obama. Président Bush. Britney Spears. Cher. Madonna.

Aurora rit si fort que de grosses larmes coulent sur ses joues. Quand nous arrivons dans un coin tranquille et qu'elle arrête de rire si fort, je la tire plus près de moi et l'embrasse.

Nos bouches se sentent maintenant à l'aise l'une avec l'autre. Il n'y a jamais eu de maladresse, mais maintenant nous nous appartenons complètement.

Je veux que ce moment dure le plus longtemps possible. Je l'embrasse de plus en plus fort. Elle presse son corps contre le mien, m'embrassant avec la même intensité.

— Allons quelque part, dit-elle, ne s'écartant de ma bouche que brièvement.

— Au bateau ? je demande.

— Non, surtout pas. Je veux aller dans un endroit privé.

Les seuls hôtels ici sont ceux qui louent des chambres à l'heure. Ils sont sombres et dégoûtants et les draps sont à peine changés et ce n'est pas là que je veux que ma première fois avec cette déesse soit.

— Je sais que ça va paraître étrange, dis-je. Mais tu veux aller chez moi ?

— Ta mère n'est pas là ? demande-t-elle.

— Elle dort probablement déjà.

— Ça te dérangerait ? demande Aurora.

— Non. Je secoue la tête. Je suis un adulte, tu te souviens ?

— Oui bien sûr. Je suis juste stupide, dit-elle avec un rire nerveux.

J'ouvre l'application de taxi et un chauffeur vient nous chercher cinq minutes plus tard. Montauk est à une demi-heure au bord de Long Island.

— Je n'y suis jamais allé, explique Aurora.

— Jamais ? Eh bien, tu vas te régaler. C'est une petite ville pittoresque pleine de charme, du moins en été. En hiver, elle est assez morte comme le reste de l'île.

Quand nous arrivons chez moi, je la fais entrer par la porte arrière et je lui dis de se taire. La maison craque et grince à chaque pas, mais elle fait attention à ne pas faire de bruit. Elle y est si attachée qu'elle enlève même ses talons.

— Je ne veux pas que ta mère se réveille. , explique-t-elle et me suit dans mon ancienne chambre.

Si j'avais su que j'aurais un visiteur ce soir, sans parler d'Aurora Tate, j'aurais au moins ramassé mes vêtements sales sur le sol et organisé les livres éparpillés partout. Mais elle ne semble pas s'en soucier.

Au lieu de cela, elle enroule ses bras autour de mon cou et se lève sur la pointe des pieds, pressant ses lèvres contre les miennes. Je la prends dans mes bras et enfouis mes mains dans ses cheveux. Sa peau est douce et pleine de vie, et quand je la lèche, je goûte le sel qui sort de l'océan.

Ses épaules s'élargissent et se contractent à chaque respiration alors que je passe lentement mes lèvres le long de son cou. Elle incline la tête en arrière pour profiter du moment. Je m'incline un instant autour de sa clavicule avant de tirer sur sa robe. Lorsque les bretelles spaghetti glissent le long de ses bras, elles tombent au sol.

Elle ne porte pas de soutien-gorge, seulement une culotte en dentelle noire. Son corps est doux aux bons endroits et elle a des courbes qui s'étendent sur des kilomètres. Elle n'est pas en surpoids, mais elle n'a pas non plus la silhouette d'un bâton.

Je peux dire qu'elle est un peu gênée par sa nudité, mais je me mets à genoux et l'embrasse sur le ventre pour la rassurer. Elle essaie de me ramener en position debout, mais je refuse. Je veux m'agenouiller ici et l'adorer.

Lentement, je baisse sa culotte et elle ouvre ses jambes. Elle replie ses mains sur ses seins et attend que je l'embrasse.

6

———————

AURORA

Il me touche de toutes les manières dont une femme veut être touchée. Ses mains sont fermes et fortes et elles dirigent mon corps pour maximiser mon plaisir. Mais au lieu de me plier à sa volonté, il se plie à la mienne. Le seul problème est que je ne sais pas exactement ce que je veux. J'ai besoin qu'il me montre.

Être nue devant lui, ce n'est pas comme être nue devant les autres. Mes courbes et mes bourrelets ne semblent que l'exciter. Dans le passé, un petit ami ou trois m'ont dit que je serais plus jolie si j'étais un peu plus mince.

Il est difficile de décrire ce que l'on ressent lorsque quelqu'un dit la dernière chose que vous voulez que quelqu'un d'autre pense.

Mais Henry se délecte de mon corps. Il aime ça. Il enfouit sa langue et ses doigts au plus profond de moi et j'ai besoin de toute ma force pour ne pas crier son nom.

Mais j'ai un sale petit secret. Je n'ai jamais eu d'orgasme. Bien sûr, j'ai gémi et crié le nom d'un gars et j'ai donné tous les signes pour faire comme si je vivais quelque chose d'épique, mais c'était toujours un mensonge. Peut-être que mon secret n'est pas si sale après tout.

Malheureusement, ce soir n'est pas différent.

Ce n'est pas Henry, il est plus chaud et plus sexy que n'importe quel autre gars avec qui je n'ai jamais été. En plus de son corps dur comme de l'acier, il y a sa personnalité et sa façon d'être qui me donnent envie de lui arracher ses vêtements.

Mais ce soir, j'atteins à nouveau un plateau. Cela n'a rien à voir avec lui.

C'est tout moi. Je suis dans ma tête et je ne peux pas m'en sortir.

Peut-être que cela a quelque chose à voir avec le fait que je sois consciente de mon corps ou simplement mal à l'aise dans un nouvel environnement, ou peut-être que c'est juste le fait que je ne suis pas allongée sur le dos comme je le fais quand je me touche, mais je ne peux pas me laisser aller.

Je ne peux pas le laisser m'emmener là-bas, dans cet espace où rien d'autre n'existe sauf nous deux.

Il continue de me caresser et mes genoux commencent à s'affaiblir. Pendant un instant, je pense que cela pourrait arriver après tout, mais mes espoirs s'évaporent.

Je le mets à genoux et le mène à son lit, un petit lit simple comiquement petit, du genre que j'ai vu pour des petits enfants à la télévision. Mon lit à la maison est king-size que je m'en souvienne.

La petitesse de celui-ci nous rapproche encore plus. Il n'y a nulle part où aller, sauf dans les bras l'un de l'autre.

Il drape son corps sur le mien alors qu'il grimpe sur moi.

Il embrasse mon cou.

Il embrasse mes seins. Il descend jusqu'à mon estomac puis dans ma région pelvienne. Il veut retourner au sud, mais je veux autre chose. Je lui demande de me retourner. Déplaçant ses jambes vers mon visage, il positionne sa propre tête entre les miennes. J'enroule mes mains autour de sa grosse queue épaisse et fais courir ma langue de haut en bas pour finalement la prendre dans ma bouche.

Nos mouvements ne font qu'un tandis que le flux et le reflux de nos baisers se métamorphosent. Il commence à gémir mon nom et je commence à me rapprocher de l'orgasme, mais les minutes passent et je n'y arrive pas.

Quelques moments plus tard, il me retourne sur le ventre et grimpe au sommet. Je pousse mes fesses dans les airs alors qu'il trouve ce point idéal au milieu de mon corps et s'enfonce à l'intérieur. Il m'ouvre le plus largement possible et je l'emmène de plus en plus profondément à l'intérieur à chaque poussée. Nous nous déplaçons à l'unisson, nos respirations s'imitant l'une l'autre.

Soudain, un sentiment étrange me submerge. Je commence à me détendre. Chaque muscle de mon corps est infusé d'oxygène et se détend en quelque sorte. Mais ensuite, les mouvements d'Henry s'accélèrent et il me chuchote encore et encore dans l'oreille.

Quand il gémit, je gémis avec lui. Je ne simule rien. Cette expérience a été l'une des plus excitantes et émouvantes de ma vie, et pourtant je sais que je n'ai pas atteint ce point épique où je tombe de la falaise. Il crie mon nom dans l'oreiller, étouffant sa voix, et je murmure « chut » encore et encore pour qu'il soit plus silencieux.

Après, il me tient dans ses bras et je me laisse m'endormir. Pour la première fois, depuis longtemps, je suis complètement en paix.

***

LE LENDEMAIN MATIN, je me réveille devant lui. Je me réjouis du fait que nous avons réellement dormi avec nos corps entrelacés l'un dans l'autre. Je pensais que cela n'était possible que dans les films. Mais d'une manière ou d'une autre, j'ai dormi dans le creux de son coude et aucun de nous n'était mal à l'aise ou même bourré.

Il y a un réveil à l'ancienne sur la table de chevet et il clignote à 8 heures du matin.

Merde, je me dis. Je doute que mes amies soient réellement inquiètes pour moi, mais je suis certaine que Monsieur Madsen l'est. Nous devions revenir ce soir-là, tard, mais pas si tard.

Je sors lentement du lit, enroulant rapidement le drap autour de mon corps. Quand je remarque que le drap est également bien enroulé autour d'Henry, je décide de le laisser tomber et de ne pas le déranger. Au lieu de cela, je me balade dans la pièce à la recherche de ma culotte et de ma robe.

Je trouve mon téléphone à côté de mes talons dans le coin le plus éloigné de la pièce. Je fais défiler les messages aussi rapidement que possible. Ils viennent tous de Monsieur Madsen et je lui réponds rapidement.

À ma grande surprise, Ellis ne m'a pas contacté et aucunes des autres filles. Monsieur Madsen n'est pas satisfait d'un simple texto et demande que je l'appelle immédiatement afin qu'il puisse s'assurer que je suis réellement en sécurité.

Je compose son numéro. S'il s'agissait de quelqu'un d'autre, je ne m'en occuperais pas. Mais Monsieur Madsen et moi avons une relation spéciale, il a été comme l'un de mes oncles préférés depuis que je suis une petite fille. Et même si je soupçonne que mon propre père fait seulement semblant de s'inquiéter pour moi, je sais que Monsieur Madsen ne ment pas.

— Salut, je suis là... Je vais bien, je murmure dans le téléphone, essayant d'être aussi silencieuse que possible. Pourquoi je chuchote ? je répète sa question. Je ne veux pas réveiller Henry.

Son nom s'échappe de mes lèvres avant que je puisse m'en empêcher. Je ne sais pas si je devrais lui dire avec qui je suis, et normalement je ne le ferais pas, mais toutes ces Margaritas me sont montées à la tête.

— Henry Asher ? Vous êtes avec Henry Asher ? demande Monsieur Madsen. Je mords ma lèvre inférieure, ne sachant pas quoi faire de son ton désapprobateur.

D'une part, ce n'est pas ses affaires avec qui je couche. D'un autre côté, je le connais depuis si longtemps qu'il est presque une figure paternelle et que je ne veux certainement pas décevoir.

— Henry Asher est un de vos employés, explique Monsieur Madsen. Vous n'avez pas à passer du temps avec lui... à des fins récréatives.

— Je sais que c'est probablement inapproprié, dis-je rapidement. Mais nous sommes vraiment liés l'un à l'autre, et ce n'est pas vraiment mon employé. Il se trouve qu'il travaille sur un bateau que mon père possède.

— Eh bien, ce ne sera pas le cas pour longtemps, déclare Monsieur Madsen.

— Non, je vous en prie, ne lui enlevez pas ça , je supplie. Il n'a rien fait de mal.

— Il connaissait les règles, explique Madsen. Il n'aurait pas dû développer des relations amicales avec les invités.

Cette conversation m'échappe. Non, je dois rester sur mes positions.

— Mais comme vous l'avez dit vous-même, je ne suis pas seulement une invitée. Je suis la fille de mon père et, en tant que telle, je vous demande de regarder de l'autre côté dans cette situation particulière.

Il ne me répond pas d'une manière ou d'une autre, et je n'insiste plus pour l'instant. Au lieu de cela, je le remercie de s'inquiéter pour moi et de s'être renseigné sur moi et je m'excuse encore de ne pas lui avoir parlé de mes plans.

Je sais que ses inquiétudes ne sont pas sans raison valable. Je suis l'héritière d'une énorme fortune et s'il s'agissait de quelqu'un d'autre, ils ne sortiraient probablement qu'avec un ou deux gardes du corps.

Mais ce n'est pas comme ça que je peux exister dans le monde. Personne ne peut me suivre et observer mes moindres mouvements. J'ai l'impression d'être déjà trop prisonnière.

Quand je m'assois sur le lit, je trouve Henry éveillé.

— Il va me virer, n'est-ce pas ? demande-t-il en s'appuyant sur un coude.

— Pas si j'interviens dans tout ça, j'insiste.

— Je pense que tes pouvoirs sont limités, il sourit. C'est Monsieur Madsen dont nous parlons.

Je ris, mais je ne suis pas sûre d'avoir raison. Monsieur Madsen est en charge de tout le personnel et ses décisions sont définitives. Je crains que cette nuit n'ait pu coûter à Henry son travail, dont il dépend si désespérément.

— D'accord, oublions ça, dit-il en tendant la main et en saisissant mon bras.

Il me rapproche de lui et m'embrasse encore et encore et encore. D'une manière ou d'une autre, ma robe se détache et nous pressons nos corps l'un contre l'autre, de chair à chair.

Mais ensuite, il entend quelque chose dans le couloir, juste devant la porte.

7

———

AURORA

— C'est ma mère , me chuchote Henry à l'oreille. Nous ferions mieux de nous lever et de la rejoindre pour le petit déjeuner.

Il s'habille rapidement et je le suis dans un tout petit couloir qui ne fait que trois marches. En voyant cette maison à la lumière du jour, je suis étonnée de sa taille.

Il y a longtemps, lorsque ma nounou a été heurtée par une voiture et emmenée à l'hôpital, la gouvernante m'a emmenée chez elle pendant que mes parents étaient à une fête. Je n'avais jamais vu une si petite maison auparavant, et elle était d'environ 100 mètres carrés plus grande que celle-ci.

Même si la maison d'Henry est petite, elle est accueillante. Les décorations sont humbles mais de bon goût. Les armoires de la cuisine ont une nouvelle couche de peinture et il y a de belles images de paysages marins sur les murs, donnant à l'endroit la sensation d'un chalet au bord de la mer.

— Maman, je veux que tu rencontres Aurora Tate, dit Henry.

— Je suis ravie de vous rencontrer, Mme Asher, dis-je en tendant la main. Sa peau est chaude et douce au toucher.

— S'il te plaît, ne m'appelle pas comme ça, dit-elle avec un sourire. Je suis Karen.

— D'accord, Karen. Je suis ravie de vous rencontrer, me corrigé-je.

— Avez-vous passé une bonne soirée tous les deux ?

Henry hoche la tête et lui dit que nous sommes allés à la cabane de crabe pour le dîner, puis chez Tommy.

— Je te présente mes excuses pour le fait que mon fils ait un goût si horrible pour lieux de sortie ! dit Karen en secouant la tête.

— Ce n'est pas nécessaire , dis-je rapidement. J'ai vraiment passé un très bon moment.

— Alors tu ne dois pas sortir beaucoup, dit Karen et nous éclatons de rire. Je veux lui dire que je suis un peu fatiguée de ces endroits prétentieux haut de gamme où les gars m'emmènent habituellement, mais j'aime en quelque sorte le fait qu'elle ne sache pas qui je suis vraiment.

— J'ai fait des crêpes, dit Karen. Tu en veux deux ?

Henry et moi échangeons des regards.

— Oui, s'il te plait, dis-je rapidement, mais seulement si je peux aider.

Karen marche avec une canne mais se déplace très rapidement dans la cuisine. L'endroit est si petit qu'il n'y a que suffisamment d'espace de comptoir pour un.

— Non, merci, dit Karen. Pourquoi ne vous asseyez-vous pas dans le coin et me parlez de votre soirée ?

Karen est une femme légère aux hanches larges et aux cheveux bruns courts. Il y a une gentillesse sur son visage qui est difficile à décrire. Les amis de ma mère sont toutes en forme et refaites et sans une seule ride sur le visage et pourtant elles ne sont pas aussi belles que Karen quand on les regarde vraiment.

Elle respire la chaleur et la douceur. C'est comme si la vie difficile qu'elle avait menée n'avait pas du tout eu d'impact sur elle. Cela ne l'a pas endurcie ni rendue insensible et cynique.

Je n'ai jamais rencontré de personne comme elle auparavant et, franchement, je ne savais même pas que des gens comme ça existaient.

Karen jette une quantité généreuse de pépites de chocolat sur ma crêpe et recouvre celle de Henry de fraises. Je vole une fraise de son assiette mais il refuse d'avoir du chocolat. Nous dévorons les crêpes aussi vite qu'elle les fait, ce qui la rend incroyablement heureuse. Lorsque la pâte commence à manquer, elle en met finalement quelques-unes dans sa propre assiette pour en profiter.

— Je suis contente que tu aimes manger, Aurora, dit-elle. Ce n'était pas toujours le cas avec les filles qu'Henry a ramenées à la maison.

Je le regarde et ses joues rougissent.

Wow, donc il est capable d'être gêné, je me dis.

Je souris et lui fais un petit clin d'œil. Il secoue la tête, regardant directement son assiette.

— Maman, s'il te plaît, pouvons-nous ne pas en parler ?

— Pourquoi ? Quel est le problème ? demande-t-elle innocemment, comme si elle ne savait pas exactement ce qu'elle disait. Alors, Aurora, parle-moi de toi.

— Que veux-tu savoir ?

— Eh bien, que fais-tu dans la vie ? Ma mâchoire se resserre un instant, mais je prends une profonde inspiration pour me recentrer et la laisser sortir lentement.

— Je poursuis actuellement mon doctorat en fiction populaire.

— Oh, vraiment ? demande-t-elle en haussant les sourcils. J'acquiesce.

— Et qu'est-ce que c'est exactement ?

— Eh bien, c'est un peu comme un doctorat en littérature anglaise, sauf qu'au lieu de me concentrer sur les œuvres classiques, j'analyse et essaie de trouver un sens dans les œuvres populaires. Je suis particulièrement intéressée par la fiction de genre, comme la romance et les sensations fortes.

— Je pense que le genre de livres que les gens lisent en dit long sur la culture dans laquelle ils vivent. Cela influence le genre de spectacles qu'ils regardent et affecte tous les aspects de la culture en général.

— Wow, cela semble fascinant. En fait, j'adore lire Danielle Steel et Nora Roberts. Je sais que Henry se moquerait de moi, mais elles peuvent filer un magnifique fil et c'est tout ce que je veux vraiment à la fin d'une dure journée.

— Je suis totalement d'accord avec toi, dis-je. Leurs romans sont rapides et faciles à lire et se concentrent sur les relations. Il y a beaucoup d'éléments romantiques mais il y en a aussi d'autres, des parents et des enfants, des sœurs, des frères et toutes sortes d'autres relations familières. Nous pouvons apprendre beaucoup des personnages des romans et la popularité de leurs livres en témoigne.

— Je ne suis pas sûre qu'Henry soit d'accord avec toi, dit Karen, souriant du coin de la bouche.

Dans ce moment, je le vois sur son visage. Ce sont des sexes et des âges différents et pourtant, c'est comme s'il était une copie conforme d'elle.

— Tu n'es pas d'accord ? je lui demande.

— Non, je ne dirais pas ça, dit rapidement Henry. En fait, pour dire vrai, je n'ai jamais lu beaucoup de fiction populaire. Je ne sais pas pourquoi, peut-être que je suis snob ? Mais j'ai toujours été attiré par le genre de nouvelles et c'est principalement ce que j'ai lu.

— Les romans ne retiennent pas ton attention ? je demande.

Il hausse les épaules et secoue la tête.

— Je pense que ce que j'aime le plus, c'est la brièveté de la nouvelle. Tous les événements sont relayés immédiatement. Tout est résolu, ou peut-être pas résolu. De nouveaux personnages sont introduits et nous n'avons qu'un aperçu de qui est chacun d'eux.

Je souris. J'ai connu de nombreux snobs, et une partie de moi soupçonne qu'il pourrait être l'un d'eux. Mais j'apprécie ses commentaires polis pour le moment.

8
———

HENRY

Quand je vais travailler le lendemain
matin, je ne suis pas tout à fait sûr d'avoir mon
ancien emploi sur le bateau d'Aurora. Mais au
moins, au yacht club, Monsieur Madsen a un peu
moins d'influence.

La journée se déroule à peu près comme toutes
les autres cet été. L'endroit est plein lorsque la
foule du déjeuner arrive de sa matinée sur l'eau
ou au club de golf. Cet établissement existe
depuis au moins cinquante ans et très peu de
choses y ont changé.

Les tables doivent encore être polies tous les
jours et il y a des nappes blanches qui ornent
chacune des surfaces. J'ai travaillé ici pendant de

nombreux étés, remontant même au travail de barman. Les barmans font le plus de pourboires, suivis des serveurs. Nous en partageons généralement une partie avec les autres mais gardons la majorité pour nous. Monsieur Madsen arrive juste au moment où j'installe toutes les bouteilles et m'assure que toutes les lunettes sont extra propres pour le déjeuner.

Je tressaille, mais seulement un instant. Prenant une profonde inspiration, je me prépare à un éventuel renvoi. À ma grande surprise, il ne semble pas être aussi en colère qu'il l'était plus tôt, quand il était au téléphone avec Aurora. Il ne travaille pas aujourd'hui, alors il commande un scotch avec glaçons. Après avoir parlé de la météo et brièvement discuté du jeu à la télévision au-dessus de nos têtes, il demande :

— Que fais-tu avec elle ?

— Que voulez-vous dire ? je lui demande.

— C'est une Tate, tu ne le sais pas ?

— Bien sûr que si, dis-je en polissant un verre sur lequel je travaille depuis trop longtemps.

— Ne te méprends pas, Henry, j'aime cette famille et j'apprécie tout ce qu'ils ont fait pour moi. Cependant, son père n'est pas une personne avec qui jouer...

— Je sais qu'il est un grand PDG... Je l'interromps.

— Tu ne sais rien de Monsieur Tate... Monsieur Madsen m'interrompt, et tu ne veux pas en savoir plus crois moi.

— De quoi parlez-vous ? demandé-je.

Il ouvre la bouche pour dire quelque chose mais la ferme. Il choisit soigneusement ses mots. J'attends qu'il continue.

— Disons simplement... , dit-il après un moment. Disons simplement que ce que tu sais de Monsieur Tate n'est que la version Disney de qui il est et de ce qu'il fait pour gagner sa vie. C'est un homme très dangereux et il n'approuverait pas que tu sortes avec sa fille unique.

Une grosse boule se forme à l'arrière de ma gorge. Je déglutis difficilement. Je ne sais pas quoi dire à cela ou comment réagir.

Monsieur Madsen ne m'a jamais parlé de cette manière auparavant. Il a toujours été sévère mais gentil et juste. En fait, je sais très peu de choses sur sa vie personnelle et il sait très peu de choses sur la mienne. Il a cultivé cette distance, pas seulement avec moi, mais avec tous ses employés, et au fil des ans, j'ai appris à l'apprécier.

Donc, pour qu'il vienne me voir et m'avertir soudainement de sortir avec Aurora est complètement hors norme.

— Dis-moi, dit Monsieur Madsen, se penchant au-dessus du bar et se rapprochant le plus possible de moi. Est-ce juste une histoire d'une nuit ou tu prévois de la revoir ?

Je secoue la tête, je ne sais pas trop comment répondre.

— Je l'aime bien, Monsieur Madsen. Je l'aime beaucoup.

— Eh bien, ça va être un problème, dit-il en terminant son verre.

Les paroles de Monsieur Madsen me pèsent lourdement dans la tête longtemps après son départ et dans l'après-midi. J'essaie d'être amical avec tous les invités, mais je ne suis tout simplement pas comme d'habitude.

Il est difficile de plaisanter et de ne parler de rien de manière intéressante lorsque votre cœur n'y est pas. Après avoir pris un déjeuner bref et rapide dans la cuisine, je retourne au travail. Les après-midi sont généralement un moment calme, juste avant le grand dîner du soir, et j'aime la solitude. Outre l'hôtesse, je suis le seul ici, à gérer le restaurant au cas où une grande fête arriverait.

Et juste au moment où je veux le moins voir une autre personne, et encore moins agir amicalement, quatre gars débarquent. Ils sont tous vêtus de l'uniforme officieux du yacht club, des carreaux, des chemises de couleur pastel, des shorts ou des kakis ainsi que des chaussures sombres à pompons. Je serais surpris si l'une de leurs tenues coûtait moins de cinq cents dollars. Ils ne sont pas hors de la norme pour la clientèle ici, mais ce qui me saoule en ce moment, c'est qu'ils ont mon âge.

Les gars prennent place autour du bar et se mettent rapidement à l'aise. Ils commandent tous des bières et font des commentaires désobligeants sur les femmes à la télévision.

— Hé, dit l'un d'eux, je vous dis que je peux mettre trois de ces filles dans mon lit.

— Non, tu ne peux pas. Les autres rient.

— Si je peux.

— Qu'est-ce qui te rend si sûr ?

— Regarde-les. Regardez ces visages et ces hanches. Vous savez que personne n'a vraiment envie d'elles. Et elles sont juste désespérées et en quête de toute sorte d'attention.

— Tu es vraiment un connard, dit le grand avec des cheveux blonds et un pantalon rose. Oui, Connor, je le sais déjà. C'est mon schtick, tu ne le sais pas ?

— Et ça marche pour toi ? demande Connor. Oui, tu pourrais dire ça.

Je les ai déjà vus auparavant. Le connard auto-décrit a une maison pas trop loin et Connor possède un Beneteau de soixante-dix pieds. Ils travaillent tous dans en ville, quelque part sur Wall Street. Ils n'ont jamais été des traders, c'est une sorte de position basse, mais plutôt des associés de banque d'investissement et des analystes de bourse.

Ils gagnent probablement environ cent vingt mille par an sans bonus, et ils commencent tout juste. Mais ils viennent tous de beaucoup plus que cela, et ils seront millionnaires à trente ans. D'un autre côté, je travaille comme enseignant au cours de l'année dans un district scolaire défavorisé à Harlem et je ne gagne pas quarante mille après impôts. Je fais probablement dix mille en été, et je donne tout cela à ma mère pour l'aider avec ses factures.

En les regardant, riant et buvant avec leurs amis, je me demande soudain si je ne suis pas stupide. Je veux être écrivain, oui, mais travailler comme professeur d'anglais ne me rapproche pas vraiment de la réalisation de ce rêve.

Je ne suis pas un très bon professeur. Je serais le premier à l'admettre. Je ne suis pas très patient ou très intéressé par les adolescents. Je trouve le travail fastidieux et difficile, au mieux. C'est absolument horrible, au pire.

Je souhaite plus que tout que je puisse être l'un de ces enseignants inspirants comme dans les films, ceux qui changent des vies, mais je ne peux tout simplement pas m'impliquer à 100%.

Non, mes passions se trouvent ailleurs et la raison pour laquelle j'ai obtenu ce travail est que c'était le seul qu'on m'a proposé après l'obtention du diplôme. Mais maintenant je me demande si j'ai fait une erreur. Peut-être que ces connards et mon ami Taylor, un connard en herbe, ont compris quelque chose sur la vie que je n'ai pas compris. De plus, je ne sais pas si Monsieur Madsen aurait sa petite conversation avec moi et m'avertirait de sortir avec la fille de Monsieur Tate si j'étais l'un de ces gars.

Quand les gars ont fini deux tournées de bière et toutes leurs frites et qu'ils sont sur le point de partir, un groupe de filles entre.

Au début, je ne la vois pas.

Elle marche derrière ses amies, la tête basse. Elles s'asseyent à une table pas trop loin du bar et Ellis

Holte, la grande, me fait signe. Je leur donne à chacune un menu et prends leurs commandes de boissons.

Lorsque j'essaie de regarder Aurora dans les yeux, elle détourne le regard. Je ne sais pas à quel point ses amies en savent ou n'en savent pas sur ce qui s'est passé la nuit dernière. Une grande partie de moi veut tout dire, mais je garde la bouche fermée. Si Aurora ne veut que personne ne le sache, ça me va.

Les gars du bar n'hésitent pas à bouger. Ils attrapent des sièges à proximité, rapprochant les tables. Quand je reviens avec les boissons, Connor a son bras autour d'Aurora. Au lieu de le repousser, elle le laisse s'y reposer. Se penchant, son visage n'est qu'à quelques centimètres du sien. Quand il fait une blague, elle rit avec lui et je serre les poings.

— Puis-je prendre votre commande ? lui demandé-je, m'éclaircissant la gorge.

Quand elle me regarde, elle s'éloigne de Connor, mais seulement un tout petit peu, comme si elle ne l'avait pas laissé enlacé autour d'elle.

Je me sens comme un idiot. Un idiot ! C'est probablement son petit ami.

Je n'arrive pas à croire que je me sois laissé prendre à tous ces sentiments pour elle alors qu'en réalité, nous sortions pour la première fois et que je ne connaissais pratiquement rien de sa vraie vie.

Oui, nous avons partagé quelques blagues et rires, mais alors quoi ?

Oui, elle a couché avec moi et a déjeuné avec ma mère, mais cela ne veut rien dire, non ?

Peut-être qu'elle voulait juste un plan pour une nuit. Je pensais que c'étaient des trous du cul, mais c'est peut-être moi qui suis le trou du cul pour penser que j'avais une chance.

Quand je prends sa commande, j'essaie toujours d'établir un contact visuel, mais tout cela est vain. Elle agit comme si elle ne me connaissait pas. Son comportement est poli et professionnel mais froid et distant.

Nous sommes étrangers en ce qui la concerne.

Et ce gars Connor ? C'est quelqu'un qui est clairement significatif dans sa vie.

Après avoir mis toutes leurs commandes sur table, je prends ma position derrière le bar et j'essaye de me préparer. J'ai eu beaucoup de coups d'un soir et celui-ci ne devrait pas être différent. Ce n'est qu'une fille. Ce n'est pas parce que tu il y a eu cette connexion entre nous sur un écrivain de nouvelles inédit du XXe siècle qu'elle s'intéresse vraiment à toi.

Vingt minutes plus tard, lorsque la nourriture est prête, je la sers avec une fraîcheur et un professionnalisme retrouvés.

Je ne fouille pas son visage pour rencontrer ses yeux.

Je n'attends plus un soupçon d'affection.

Et je n'attends certainement pas une présentation de ses amis.

Si elle veut faire comme si elle ne me connaissait pas, c'est très bien. La vérité est que je ne la connais pas. Quelques pépites personnelles ne permettent pas d'établir une connexion.

Connor couvre la facture et paie les vingt pour cent supplémentaires en pourboire. Ils décollent tous ensemble, me laissant seul dans la salle à manger.

Environ une heure plus tard, je reçois le premier SMS. Ça vient d'Aurora.

Je suis tellement, tellement désolée, écrit-elle. Je n'avais aucune idée que nous venions ici jusqu'à ce qu'Ellis le suggère et je n'ai pas pu m'en sortir.

Que vous veniez ici n'est pas le putain de problème, je veux lui répondre.

Connor, le gars qui était sur moi, est mon ex-petit ami et nous avons une relation très compliquée. Je ne veux pas entrer dans les détails par texto, je veux juste m'excuser d'être une telle connasse sur ce coup-là.

Je secoue la tête et pose mon téléphone. Je n'ai pas l'énergie pour y faire face. Il y a seulement quelques instants, j'étais tellement prêt à la radier, mais maintenant ma certitude vacille.

Mais ses textos continuent à venir et à venir. Elle s'excuse encore et encore et demande ensuite où je suis.

Elle dit qu'elle sait que je suis toujours au travail parce qu'elle vient d'appeler la réception et m'a demandé pourquoi je ne lui répondais pas.

Je suppose que tu es vraiment en colère contre moi, mais ne le sois pas. S'il te plaît laisse-moi t'expliquer. Je suis désolée.

Je n'écris pas. Ce fut une terrible erreur. Nous vivons dans des mondes trop différents et cela ne vaut pas la peine d'essayer de les mélanger.

Elle continue de faire exploser mon téléphone.

Je le prends et passe mes doigts sur l'écran. Je clique sur la chaîne de texto. Je regarde le clignotant.

S'il te plaît arrête, j'écris.

9

AURORA

JE NE SAIS PAS POURQUOI j'ai accepté d'aller dans ce stupide yacht club, mais je le regrette dès que je le vois. Ce n'était pas que j'étais gênée d'être sortie avec Henry ; il est très mignon et charmant et attrayant. Mais Connor était là et, quand Connor est quelque part, tout est beaucoup plus compliqué.

Connor est mon ex-petit ami mais c'est plus compliqué que ça. Nous étions de bons amis au début. Ensuite, nous avons commencé à coucher ensemble avec désinvolture puis à sortir ensemble, puis nous sommes revenus à quelque chose de plus décontracté qui a fini par se séparer sans réellement se séparer. En apparence, nous sommes toujours de bons amis, sauf que je ne peux pas le voir.

La raison pour laquelle j'ignore Henry ? je ne veux pas donner à Connor une cible.

J'envoie un SMS à Henry dès que Connor et ses amis partent, mais il ne me répond pas. Je sais qu'il est en colère. Je lui envoie un texto de plus. Je m'excuse abondamment, mais j'entends toujours des grillons.

Nous ne sommes sortis ensemble qu'une fois.

Oui, c'était magique et beau, mais qu'est-ce qu'il attend de moi ? Il ne sait pas à quel point ma vie peut être compliquée.

Il ne sait rien de moi, même s'il pense être cas. Plus le temps passe sans qu'il me réponde, plus je suis en colère.

Personne ne me traite comme ça. Comment ose-t-il ne pas répondre ?

Je me suis déjà excusée, que veut-il de plus ?

Le jour s'estompe dans la nuit, puis devient le lendemain matin et celui qui suit. J'envoie un seul texto de plus le lendemain puis je m'oblige à le laisser partir. Je mérite une réponse et s'il ne le pense pas, alors il ne sait rien de moi. S'il ne veut pas me parler, il n'est pas obligé.

Plus tard dans la semaine, Ellis m'invite avec un gars qu'elle a vu. Elle dit qu'elle veut me le présenter, l'un de ses meilleurs amis, mais en réalité, c'est un rendez-vous à l'aveugle. Elle sait que je ne sors pas avec des gens que je ne connais pas, mais son petit ami a comme par hasard un ami en ville qui a besoin de divertissement ce soir-là.

Ellis fait presque un mètre de plus que moi avec de longues jambes minces qui commencent quelque part près de mes épaules. J'exagère bien sûr, mais seulement un peu. Elle a passé de nombreuses années à danser et, par conséquent, elle sait mettre son corps en valeur pendant que j'essaie toujours de me mettre à l'aise dans le mien.

Elle semble pouvoir manger n'importe quoi dans le monde sans gagner un kilo alors que je peux à peine regarder un cheeseburger sans en prendre dix. Pourtant, nous sommes amies depuis que nous sommes allés à la Chasley School, le genre d'école élémentaire pour l'élite à Manhattan dans laquelle vous devez avoir une place lorsque vous êtes encore in utero.

Je rencontre Ellis dans un restaurant chic mais décontracté au bord de l'eau à West Hampton. Son petit ami est assez gentil, mais je veux lui dire de ne pas se faire de faux espoirs dans la mesure où elle n'est pas du genre à s'engager.

La mère d'Ellis est une célèbre mondaine de New York, qui a traversé de nombreux maris, six pour être exact, et même une femme. Elle est très avant-gardiste de cette façon, surtout pour une femme de soixante-dix ans. Elle a eu Ellis lorsqu'elle avait 45 ans avec son quatrième mari, mais il n'a jamais fait partie de la vie d'Ellis en grandissant. C'est l'une des raisons pour lesquelles Ellis porte le nom de jeune fille d'Adele, Holte, le même nom qu'Adele a gardé toutes ces années.

Mitchell Bishop, le petit ami d'Ellis, et Brock Kumparak, mon rendez-vous, plaisantent et se remémorent leurs jours de retour à Princeton, même si c'était il y a seulement quelques années.

Maintenant, ils travaillent tous les deux à Wall Street, l'un dans la banque d'investissement et l'autre dans un fonds spéculatif, mais lequel fait quoi je ne me souviens pas.

Lorsque la conversation est un peu sèche, Ellis intervient et leur parle de la nouvelle peinture qu'elle est chargée de mettre en scène à la Oliver Gallery. La Oliver Gallery est l'un des lieux les plus prestigieux où travailler pour une commissaire d'art montante, et je suis certaine qu'elle n'aurait pas ce stage sans les liens étroits de sa mère. Pourtant, l'art est sa passion et qui peut lui reprocher de profiter de toutes les opportunités qui se présentent à elle ?

Bien sûr, son stage ne paie rien et nécessite près de quatre-vingt heures par semaine de travail, mais après l'avoir inscrit sur son curriculum vitae, elle pourra probablement travailler pour n'importe quelle galerie à New York, Paris, Londres, LA ou Dubaï à moins qu'elle ne choisisse d'ouvrir la sienne.

Autour d'une assiette d'avocats frits pour l'apéritif, Brock me pose des questions sur mon travail. Je lui parle de mon doctorat et il simule à peine un quelconque intérêt. Ce n'est pas juste, mais je me retrouve à le comparer à Henry. Il connaît très peu de la littérature moderne et n'a probablement pas lu de livre depuis l'université. Je ne veux pas lui en vouloir, mais je ne peux pas m'en empêcher. Je ne trouve rien d'autre sur lui très intéressant alors quel choix ai-je ?

Après un dîner moyen, les garçons insistent pour nous emmener dans un bar. Je ne sais pas pourquoi nous devons aller dans un autre bar alors qu'il y a un très bon bar ici, mais là encore, je n'ai jamais été beaucoup dans la culture du shopping de New York. Pourtant, je dois convenir que cet endroit est un peu mort et ce serait bien de voir quelque chose de nouveau. Nous nous entassons dans la Maserati d'Ellis et conduisons un demi kilomètre jusqu'à l'endroit suggéré par Brock. C'est plus un endroit local, ne déroulant pas vraiment le tapis de bienvenue aux gens de l'été, mais il n'est pas aussi obscur que là où Henry m'a emmené la semaine dernière.

En entrant, Brock chuchote à mon oreille au sujet d'un nouvel instrument financier que son entreprise a développé pour faciliter l'investissement des gens ordinaires. Cela me dépasse surtout parce que je m'en fiche vraiment. Je ne vais rester que pour un verre, me dis-je en jetant un œil à Ellis et Mitchell avec leurs mains l'un sur l'autre.

Et puis, soudain, je les vois. Henry est assis au bar avec une fille drapée presque complètement autour de lui.

10

———

AURORA

JE PLISSE les yeux pour m'assurer que mes yeux
ne me jouent pas des tours. Je regarde la fille
courir ses mains de haut en bas sur sa jambe.
Henry déplace son poids d'un côté à l'autre,
essayant de se mettre à l'aise.

Donc je suppose que c'est ça. Il est passé à autre
chose, s'il y avait même quelque chose à dépasser
et tout ce qui s'est passé ce jour-là n'était pas juste
un mensonge pour amener une riche fille gâtée
dans son lit. Ellis me voit le regarder. Elle sait
que j'ai passé la nuit avec lui et que je ne fais
jamais ça. Bien sûr, j'ai fait des coups d'un ou
deux soirs, mais je n'ai jamais passé la nuit chez

eux et je n'ai définitivement jamais petit déjeuné avec leurs mères.

Peut-être que je n'aurais pas dû lui dire, mais j'étais sur un tel nuage quand je suis revenue que je voulais partager la bonne nouvelle avec quelqu'un et elle est ma plus vieille amie.

— Oublie-le, dit-elle en me poussant du coude. Il ne te mérite pas.

— Je sais, dis-je doucement, regardant autour de moi pour m'assurer que nos gars sont toujours au bar pour commander un verre.

— Non, je ne pense pas. Qui pense-t-il être ? je veux dire, il nettoyait les planchers de ton yacht et nous servait nos boissons, et il a l'audace de ne pas te rappeler ?

— Je n'aurais jamais dû prétendre que je ne le connaissais pas, dis-je en secouant la tête. C'était vraiment désagréable.

— Mais tu t'es excusée ! J'ai vu tous ces textos pathétiques que tu lui as envoyé. Et il n'a même pas eu la courtoisie de te renvoyer un SMS. Qui fait ça ?

— Tu sais que ce que j'ai fait n'a rien à voir avec son travail, non ? je demande à Ellis.

Elle me fait un sourire entendu.

Je crains qu'elle ne soupçonne que je ne suis aussi superficielle qu'elle et qu'elle attend que je cesse de faire semblant d'être ainsi. Mais je ne suis pas.

— C'est un enseignant, je continue de m'expliquer. Ce n'est pas comme s'il n'était qu'un barman. Non, cela ne s'est pas bien passé. Oublie ça.

Elle sourit à nouveau.

— La seule raison pour laquelle je l'ai ignoré, c'est à cause de Connor. Si Connor savait que je le connaissais... eh bien, tu sais comment il est.

— Peu importe, ce sont tous les deux des connards, dit Ellis, prenant une gorgée de son martini et levant la main en l'air.

— Mais tu sais, c'est peut-être encore pire. Je veux dire, pour être enseignant, tu dois avoir un diplôme universitaire et tu gagnes moins que la plupart des serveurs et barmans de la ville.

Je secoue la tête et regarde le sol.

— Ellis, il y a plus dans la vie que l'argent, dis-je doucement.

Elle se penche vers moi et pose ses lèvres juste à côté de mon oreille. Puis elle murmure :

— Chérie, c'est un mensonge que les riches disent à tout le monde afin de les faire travailler si dur pour si peu.

Me sentant complètement dégoûtée par quelqu'un que je pensais être mon amie, je m'éloigne d'elle et me dirige vers les toilettes. Je veux un peu d'intimité, mais ce n'est pas l'endroit pour ça. Il y a une file d'une dizaine de femmes qui attendent toutes pour la même cabine de toilette sale et répugnante avec du papier hygiénique utilisé partout sur le sol.

Je sors et me dirige vers le coin. J'appuie mon dos contre le mur et prends trois respirations profondes.

— Qu'est-ce que je fais ici ? je demande. Qu'est-ce que je fais avec ces gens ?

— Que fais-tu ici ? Sa voix brise ma concentration et me fait un peu sursauter.

Henry se tient à moins d'un mètre de moi, presque au-dessus de moi. Je veux m'éloigner pour créer plus de distance mais il n'y a qu'un mur de briques derrière moi.

— Tu me suis ? demande-t-il en croisant les bras et en inclinant la tête sur le côté.

— Non, je ne te suis pas.

— Donc pourquoi tu es là ?

— Je ne savais pas que nous venions ici, dis-je doucement.

— Cela semble souvent être le cas.

— Ellis voulait que je rencontre son nouveau petit ami et il a amené un ami. Donc, je suis actuellement en rendez-vous galant, pas que je te doive une quelconque explication.

— Non, c'est vrai, dit-il sévèrement et s'éloigne de moi.

— Je pensais m'être suffisamment expliquée, dis-je quand il commence à s'éloigner. Les mots s'échappent de mes lèvres avant que je puisse les arrêter.

— De quoi parles-tu ? demande-t-il.

— N'as-tu reçu aucun de mes SMS ?

— Si.

— Et tu ne penses pas qu'il serait poli de répondre ?

— Non, je ne pensais pas qu'ils avaient besoin d'une réponse. Après tout, tu as déjà dit tout ce que tu voulais dire avec tes actions.

Je secoue la tête et croise les bras.

— C'était un accident, j'insiste. Il laisse échapper un rire, sarcastique, bien sûr.

— Alors, tu m'as accidentellement ignoré devant tes amis et ton ex-petit ami ? Tu étais accidentellement gênée d'être vue avec moi, un barman ?

— Non, cela n'avait rien à voir avec ça. C'était à propos de Connor. Mon ex petit ami. Il a un caractère et je ne voulais pas qu'il devienne jaloux et je ne voulais pas qu'il se moque de toi ou qu'il soit méchant avec toi. Je pensais que je te protégeais.

Il ne dit rien en réponse et je ne développe pas davantage. Je me suis suffisamment justifiée, bien plus que je n'en ai jamais fait avec quelqu'un d'autre. Et s'il n'est pas intéressé ou ne peut pas trouver dans son cœur la force de me pardonner, je ne peux rien faire d'autre.

Sans dire un autre mot, je rentre à l'intérieur. D'une manière ou d'une autre, tout ce temps dans l'air frais m'a fait me sentir encore plus claustrophobe dans ce bar bruyant et animé.

Je trouve Ellis et Mitchell dansant près de l'avant et saisis la main de Brock pour le tirer sur la piste de danse. Il est clairement surpris mais va de pair avec mes mouvements. C'est en fait un assez bon danseur, et nous tombons dans un bon rythme.

Quelques chansons plus tard, je vois Henry du coin de l'œil danser avec la fille à qui il parlait plus tôt. Elle frotte intensément son corps contre le sien alors qu'il se presse contre elle. Ses mains montent et descendent le long de ses bras tandis que son dos appuie contre son aine.

Dès que nos yeux se rencontrent, je fais la même chose à mon gars. Son corps se durci contre le mien. Pendant un instant, j'imagine qu'il appartient à Henry mais ensuite Brock dit quelque chose dissipant l'illusion.

Regardant à nouveau Henry, je le regarde me regarder et je la regarde, lui et elle ensemble. Ma jalousie va déborder à tout moment et me faire exploser. Mais rien ne se passe. La chanson touche à sa fin et nous nous séparons.

Quand Brock s'excuse pour aller aux toilettes et que le rencard d'Henry tombe sur une vieille petite amie à elle, Henry me regarde. La chanson suivante démarre et il fait un pas en avant.

La salle est bondée et pleine de monde, mais on a l'impression que nous sommes les seules âmes de l'endroit.

— Tu veux danser avec moi ? demande-t-il en tendant le bras. Je veux dire non, mais je ne peux pas.

Au lieu de cela, je mets juste ma main dans la sienne et le laisse m'entrainer.

— Où as-tu appris à danser comme ça ? je demande.

— J'avais l'habitude de suivre des cours, dit-il doucement.

— Vraiment ?

— Comme quoi ?

— Tout. Je sais faire du jazz, du latin, de la danse de salon, du hip-hop. En fait, la danse était la passion de ma mère et elle m'a appris beaucoup de ce que je sais.

Soudain, je me sens assez gênée par mes propres compétences de danse médiocres. J'ai appris quelques choses à partir de vidéos YouTube populaires pour ne pas m'embarrasser dans un club, mais je ne connais rien à la danse. Mon approche était de toujours essayer d'imiter la fille à côté de moi et d'espérer que personne ne le remarque.

— Dans ce cas, tu devrais danser avec Ellis, elle est plutôt bonne, plaisante-je.

— Non, merci, dit-il, me regardant profondément dans les yeux. Je veux seulement danser avec toi.

L'intensité de sa voix et de ses yeux envoie des frissons dans ma colonne vertébrale. Il ne cligna pas des yeux pendant un moment, me regardant tout absorber. Soudain, je devins un papillon de nuit attiré par une flamme.

— Salut, dit Brock. Ça vous dérange si je vous interromps ?

11

AURORA

Mon cœur s'effondre quand je le vois. J'avais complètement oublié que je suis toujours à un rencard. Je ne veux pas danser avec Brock, mais je n'ai pas l'impression d'avoir le choix. Heureusement, la chanson touche à sa fin et j'attire le regard d'Ellis et je lui fais signe.

— Aurora, je ne me sens pas très bien. Je pense que je vais rentrer à la maison, dit-elle.

— Oh, non, dis-je avec sympathie. Je rentre avec toi.

— Tu n'es vraiment pas obligée, dit-elle, mais j'insiste.

Je donne un petit câlin à Brock et dis au revoir à

Mitchell. Je ne jette un coup d'œil que brièvement pour avoir un dernier aperçu d'Henry.

— Tu me dois vraiment ça, dit Ellis. Cela aurait pu être un désastre.

— Oui. Je sais, je suis d'accord. Merci beaucoup.

— Qu'est-ce que tu faisais danser avec ce mec à nouveau ?

— Je ne sais pas. , dis-je en secouant la tête. Nous parlions et ensuite il m'a juste demandé de danser. C'est un si bon danseur.

— Oui, dit Ellis à contrecœur. Je lui accorde ça.

En montant dans la Maserati d'Ellis, je ne peux pas m'empêcher de regarder le bar une fois de plus.

Peut-être qu'il sera là.

Peut-être qu'il m'attendra. Mais il n'est pas là.

Non, oublie-le juste, me dis-je. C'était un bon rendez-vous et une bonne danse, mais cela ne veut pas dire que quoi que ce soit entre nous soit différent.

— Il est juste là, idiote, dit Ellis en secouant la tête.

Je suis son index pointu et je le vois assis sur le devant d'une vieille voiture des années 1990.

— Tu veux vraiment monter dans cette merde ? demande Ellis.

— Je te parlerai plus tard, dis-je en sortant de la voiture.

Quand je me dirige vers Henry, il saute, ouvre la portière du passager et la ferme après mon entrée. Après avoir fait le tour de l'autre côté, Henry prend le volant. La voiture démarre avec un rugissement et nous sortons du parking avec les cris des pneus.

— Où veux-tu aller ? demande-t-il. Nos yeux se rencontrent. Je déglutis difficilement.

— Je ne sais pas, dis-je timidement.

— Dans un coin privé, dit-il plus comme une affirmation qu'une question.

— Le yacht club ? À mon bateau ? je suggère.

Il y a tant à dire et pourtant aucun de nous ne parle. Au lieu de cela, il met sa main sur la mienne, entrelaçant ses doigts avec les miens.

Il m'embrasse pour la première fois sur le quai, me fait juste tourner et presse ses lèvres contre les miennes. Quand je l'embrasse en retour, nous avons à peine réussi à monter à bord avant que tous nos vêtements se détachent.

Sa bouche est forte mais ses baisers sont doux. Sa langue trouve rapidement la mienne et ne la lâche pas. Il recule avec ses bras autour de moi alors que je le conduis dans le couloir principal, puis dans la chambre principale tout à l'arrière.

Il s'éloigne de moi pendant une seconde pour regarder de plus près la pièce, hochant légèrement la tête vers la salle de bain avec une grande baignoire encastrée, mais je secoue la tête pour lui dire non.

Ce soir, je n'ai pas de patience.

Je veux juste qu'il soit en moi aussi vite que possible.

Henry me jette sur le lit et grimpe sur moi. Il ne porte plus de chemise et je passe mes doigts de haut en bas sur son corps bronzé ciselé par des abdos saillants. Mon propre corps est tellement moins parfait, et pourtant il l'adore autant que j'adore le sien.

Il embrasse mes seins sur mon soutien-gorge puis l'enlève rapidement et le jette par terre. Il enfouit sa tête entre mes seins et respire profondément.

— C'est là que je veux vivre, marmonne-t-il. C'est là que je veux passer une éternité. Je rougis et enfouis mes mains dans ses épais cheveux pulpeux.

Il déplace rapidement ses lèvres sur mon corps. Je sens mon estomac monter et descendre à chaque baiser. L'endroit entre mes jambes se tend et se détend à chaque mouvement.

Il retire ma culotte avec ses dents et la jette à travers la pièce. Quand il s'élève au-dessus de moi, je ne vois que des abdos. Je l'aide à retirer son pantalon et à le faire glisser le long de ses jambes. Il trébuche un peu et enfonce sa tête dans la mienne.

Nous éclatons de rire puis nous nous embrassons encore et encore et encore. En ce moment, rien d'autre n'existe. Il n'y a que lui et moi.

Il ouvre lentement mes jambes, embrassant l'intérieur de ma cuisse. Mais cette fois, je prends le contrôle. Je le retourne sur le dos et grimpe sur lui. Je le prends dans ma bouche, mais seulement brièvement. Il veut que je sois au-dessus de lui autant que je veux qu'il soit en moi.

Quand je le prends à l'intérieur de moi, nous bougeons comme un. Nous dansons. Il n'y a pas un faux-pas. C'est comme si nos corps se connaissaient depuis de nombreuses années, mais dans le bon sens.

Ce n'est pas ennuyeux, mais il n'y a pas non plus de maladresse à ces premières fois. Je n'ai jamais vécu ça avec quelqu'un d'autre auparavant. En fait, j'avais plus l'impression de survoler les mouvements que de me laisser profiter du moment. Mais avec Henry, il me remplit simplement et prend le relais. Quand je suis fatiguée d'être au sommet, il le sent et me retourne sur le dos.

Soudain, un sentiment inconnu commence à me

traverser. La tension commence à monter en moi, s'intensifiant à chaque poussée.

Serait-ce possible ?

J'ai vécu cela par moi-même, bien sûr, mais jamais avec une autre personne.

Peut-être que je ne pourrais jamais me détendre suffisamment. Avec Connor, j'ai dû simuler tant d'orgasmes, ça devenait épuisant. Il n'était pas satisfait à moins que je fasse beaucoup de bruit et tout ce qui suit. Depuis lors, j'avais décidé que je ne mentirais plus pour plaire à l'homme de ma vie.

Mais avec Henry, les choses sont différentes. Les gémissements viennent d'eux-mêmes. Un peu au début, à peine audible. Mais alors que cette sensation en moi commence à monter, mon souffle s'accélère de plus en plus.

— Tu te rapproches ? demande Henry.

Sa question me sort d'un état second.

— C'est incroyable , dis-je. Mais je ne pense pas pouvoir l'atteindre maintenant.

— Oh, d'accord, dit-il dans mon oreille. Ça te dérange si je finis ? Parce que je ne suis pas sûr de pouvoir tenir plus longtemps.

Je lui donne un baiser et un signe de tête.

— Je promets que je prendrai soin de toi plus tard ce soir.

Ses mots me font frissonner le dos. C'est une promesse autant qu'une déclaration.

Les mouvements d'Henry s'accélèrent tandis que j'enfonce mes doigts dans ses épaules. Je le sens se rapprocher de plus en plus alors que l'intensité entre nous continue de croître.

— Aurora, murmure-t-il doucement à mon oreille.

— Aurora ! Une autre voix nous interrompt.

Il me faut un moment pour réaliser que la voix appartient à une femme, et encore quelques instants pour réaliser qu'elle appartient réellement à ma mère.

Mon cœur bondit dans ma gorge alors que je prends la couette autour de moi et la tire pour couvrir mon corps nu. Henry, un peu désorienté, n'est pas aussi rapide et trébuche un peu.

Quelqu'un debout derrière ma mère glousse. Mes yeux essaient de se concentrer mais la lumière du couloir est trop brillante pour que je puisse réellement distinguer leurs traits.

— Je pense que nous devons leur donner un peu d'intimité, dit-il. Je reconnais immédiatement la voix de mon père et souhaite que le sol se fende et m'avale toute entière.

La dernière chose que je vois avant que ma mère ferme la porte est le regard déçu sur son visage.

Je me rends compte que j'avais retenu mon souffle pendant tout ce temps et je l'ai laissé sortir rapidement.

Nous commençons à nous habiller dans un silence complet et mon esprit ping-pong d'une pensée à l'autre.

Merde.

Merde.

Merde.

Pourquoi diable sont-ils ici ?

— Ce sont mes parents, dis-je en me tournant vers Henry. Juste au cas où tu te poserais la question.

— Ils ont certainement choisi un bon moment pour nous interrompre, dit-il doucement.

— Ils sont censés être à Albany pour le travail, pas dans les Hamptons et certainement pas sur le bateau.

— Ça va aller., dit Henry, me prenant dans ses bras.

— Non, je marmonne et le repousse de moi. Tu ne connais pas mes parents.

— Nous sommes tous des adultes, non ? C'est ce que font les adultes.

— Pas dans les chambres des maîtres des yachts bien-aimés de leur père, je le corrige.

Je gagne autant de temps que possible pour me préparer et maintenant il est temps d'aller les affronter. Je ne veux pas vraiment, mais je ne veux pas non plus que ma mère revienne nous voir.

Je me regarde une dernière fois dans le miroir pour m'assurer que je sois aussi présentable que possible.

— Tu es prêt ? je demande en me tournant vers lui.

Henry hausse les épaules et me fait un clin d'œil.

— Ouais, pourquoi pas ? Demande-t-il nonchalamment.

Il n'est pas du tout intimidé ou découragé par ce qui vient de se passer mais je suis sûre que mes parents changeront rapidement cette attitude.

Je prends une profonde inspiration avant d'ouvrir la porte. Je n'ai jamais été aussi gênée de toute ma vie, sauf peut-être la fois où j'ai eu mes règles au milieu du cours de biologie de la cinquième et j'ai eu du sang partout sur les belles chaises blanches rembourrées que le professeur venait de mettre en place pour nous.

Non, bien réfléchi, c'est pire.

Dans le salon, je suis accueillie par ma mère qui me présente, Henry et moi, à leurs invités.

Je n'ai jamais rencontré les Hawthornes auparavant, mais ma mère les avait mentionnés à quelques reprises. Apparemment, elle a rencontré Mme Hawthorne au nouveau studio de Pilates auquel elle va et en plus de la philanthropie, elles sont également très intéressées par les arts.

Beaucoup de femmes riches sont intéressées par ces choses, mais Mme Haw-thorne s'intéresse au paludisme et aux causes liées à l'eau propre, tout comme ma mère, et elle aime aussi le ballet. Je pense que l'un des plus grands regrets de ma mère dans la vie est que sa fille n'aime pas autant le ballet qu'elle.

Elle m'a fait intégrer des classes de ballet quand j'étais petite et je les ai suivies fidèlement pendant quatre ou cinq ans, je ne me souviens plus exactement pendant combien de temps. Ce dont je me souviens, cependant, c'est à quel point je détestais ça. Quand elle m'a finalement laissé arrêter, elle a pensé que je partagerais au moins son intérêt en *regardant* du ballet, mais je me suis également avérée décevante dans ce domaine.

Maman nous invite à les rejoindre ainsi que les Hawthornes pour prendre un verre. Je soupçonne qu'ils nous ont tous vus lorsque ma mère leur a fait visiter le yacht, mais tout le monde est assez poli pour ne pas en parler.

Mes parents sont tous deux de vrais New Englanders en ce sens qu'ils ne discutent jamais de sujets privés lorsqu'ils ont de la compagnie. Les Hawthornes peuvent être leurs amis, mais ils devraient être les amis les plus proches, sinon leurs meilleurs amis, pour qu'ils puissent parler de ce dont ils venaient d'être témoins.

Connaissant mes parents, ils n'ont pas d'amis comme ça.

Plus tard, après que mes parents aient bu deux verres chacun, je vois ma chance de m'échapper. Nous souhaitons à tous une bonne soirée et nous dirigeons vers la porte. Avant que nous puissions faire une échappée propre, ma mère nous arrête.

— Aurora, dit-elle. Je voudrais vous inviter à dîner demain soir. Êtes-vous libre ?

— Je ne suis pas sûre, dis-je, je pense que je dois vérifier mon emploi du temps.

— Eh bien, ton père et moi sommes très occupés et demain soir est le seul moment disponible. Alors, libère-toi.

C'est le genre d'invitation qu'il est impossible de refuser.

— D'accord, je vais voir ce que je peux faire, dis-je.

— Et toi, Henry ? Nous serions ravis de mieux te connaître, dit ma mère.

— Merde, je me murmure à moi-même, juste sous mon souffle.

— Tu as dit quelque chose, chérie ? me demande-t-elle avec une expression innocente sur le visage.

— Je serai là, Mme Tate, dit Henry. Ce fut un plaisir de vous rencontrer tous les deux.

12

———

HENRY

La nuit sur le yacht a été magique jusqu'à la fin. Ce n'était pas le moyen idéal de rencontrer les parents de quelqu'un, encore moins une fille dont je suis tombé amoureux.

Est-ce que je viens vraiment de penser à ça ?

Cette pensée m'a-t-elle réellement traversée l'esprit ? je cherche dans mon placard quelque chose de décent à porter pour le dîner de ce soir.

Aurora a insisté sur le fait que ses parents n'évoqueront pas ce qui s'est passé la nuit dernière, non pas parce qu'ils sont d'accord, mais parce qu'il serait indécent de leur part de le faire.

Je ne sais pas si je suis censé considérer cela

comme une bonne ou une mauvaise chose. Pour l'instant, je vais le prendre tel quel.

Jusqu'à présent, j'ai fait une terrible première impression, et peut-être que le dîner de ce soir est un moyen pour moi de me rattraper. Je sollicite l'aide de ma mère pour m'aider à choisir ma tenue.

Ce n'est pas vraiment un choix. Je ne possède que deux costumes, tous deux portés aux funérailles. L'un est trop grand, car il était en vente et je ne pouvais pas payer les ajustements, et l'autre est légèrement trop petit.

Ma mère, qui n'a jamais été très douée avec l'aiguille, propose de m'aider à modifier celui qui est trop grand. Elle passe par quelques vidéos YouTube mais se rend vite compte que le travail est trop compliqué pour une novice comme elle.

— Je suppose que je vais simplement le porter tel quel, dis-je. Que puis-je faire d'autre ?

— Tu pourrais porter autre chose en dessous, suggère-t-elle. Pour aider à le remplir ?

— Ouais, dis-je, je suppose que je pourrais faire ça. Bien qu'il soit un peu étrange de porter une chemise à manches longues sous une chemise de ville. Je pense que je vais juste aller comme ça et peut-être enlever la veste si la soirée l'exige.

— Ne sois pas anxieux, mon chéri, dit ma mère. Je suis sûre qu'ils vont t'aimer.

Je lui fais un léger sourire. Je suis certain que non, mais je ne veux pas m'y attarder maintenant.

D'ailleurs, ce n'est pas comme si je pouvais lui dire la position embarrassante dans laquelle ils nous ont trouvés tous les deux. Nous sommes très proches, mais c'est quand même ma mère.

— Alors, que penses-tu d'Aurora ? je demande en prenant une gorgée de bière pour me calmer les nerfs.

— C'est une très jolie fille. Mais je m'inquiète du monde dans lequel elle vit.

Même si ma mère ne l'a pas reconnue au début, je l'ai depuis renseignée sur le type de famille dont vient d'Aurora.

QUAND J'ARRIVE AU DÎNER, la mère d'Aurora ouvre la porte et m'accueille à l'intérieur. Monsieur Tate me propose un verre et je choisis la même chose que lui, un scotch.

Le scotch est servi dans une carafe en cristal, donc je ne sais pas exactement de quelle marque il s'agit, mais vu le goût, je peux dire qu'il est très cher.

Le liquide brun foncé est doux au goût, me réchauffant de l'intérieur. Je prends une autre gorgée et je sens un élan de courage liquide couler dans mes veines.

Aurora entre dans la pièce, vêtue d'une robe de cocktail noire immaculée et de talons hauts. Ses cheveux sont tirés à mi-chemin et il y a des boucles d'oreilles en perles qui pendent de ses oreilles.

Elle me fait un bref câlin et un chaste petit baiser sur la joue, le genre que tu fais à un cousin. Bien sûr, je ne m'attends pas à plus. Ses parents sont ici et je veux faire une meilleure impression qu'auparavant.

Une femme d'une cinquantaine d'années avec ses cheveux en chignon et un épais accent espagnol s'approche de nous avec une assiette de hors-d'œuvre. Elle est vêtue d'une robe grise et blanche, la définissant clairement comme l'une des servantes.

Quand j'étends ma main pour me présenter, elle me regarde avec de grands yeux écarquillés sans bouger un muscle.

— Pourquoi ne pas nous parler de ce que vous faites dans la vie ? demande Mme Tate, prenant un apéritif et me ramenant au canapé.

— Je travaille dans une école secondaire du Bronx, une école qui se concentre sur les enfants défavorisés, explique-je.

— Tout le monde n'est-il pas défavorisé ? demande Monsieur Tate.

Je ne sais pas s'il essaie d'être drôle ou ironique et je ne sais pas comment répondre.

— Eh bien, presque tout le monde l'est en comparaison avec vous, je fais remarquer.

Mme Tate me regarde un instant puis Aurora éclate de rire.

Je suis tenté de m'excuser, mais je ne vois pas pourquoi je dois le faire. Ce que j'ai dit, c'est la vérité. C'est un milliardaire et par rapport à lui tout le monde a moins de privilèges.

— La plupart des élèves, dis-je, ne grandissent pas dans un environnement particulièrement propice à l'apprentissage. Ils vivent souvent dans des appartements très exigus, avec plusieurs frères et sœurs, partageant une chambre à plusieurs. Par conséquent, ils n'ont pas un endroit calme pour étudier. De plus, leurs parents, s'ils ont les deux à la maison, travaillent trop d'heures pour les aider à faire leurs devoirs ou à entreprendre des projets. C'est une bataille difficile pour des enseignants comme nous.

— Alors, est-ce quelque chose que vous prévoyez de faire pendant longtemps ? demande Mme Tate.

Je déglutis difficilement.

Je devrais mentir et hocher la tête et lui dire que c'est quelque chose que je veux faire pour le reste de ma vie. En partie parce que c'est probablement quelque chose que je vais devoir faire pour le reste de ma vie. Cependant, si c'est la seule fois que j'arrive à interagir avec les parents d'Aurora, je ne veux pas que cette interaction soit fausse.

Alors, contre mon meilleur jugement, je lui dis la vérité.

— En fait, non, dis-je, prenant une gorgée de ma boisson.

Elle se redressa un peu et s'assit sur le bord de son siège.

Mes yeux rencontrent brièvement ceux d'Aurora qui fronce les sourcils et me regarde avec un air confus sur son visage.

— La vérité est que je veux être écrivain, dis-je lentement. En fait, je le suis déjà. J'ai récemment publié une nouvelle dans le New Yorker. J'aime beaucoup écrire et c'est une vraie vocation pour moi. Malheureusement, jusqu'à présent, je n'ai pas pu gagner ma vie que de ça, j'ai donc accepté le seul emploi qui m'a été proposé après l'université, l'enseignement.

Monsieur et Mme Tate semblent surpris par mon honnêteté car ils ne disent rien en réponse pendant quelques instants.

Par la suite, Monsieur Tate propose de rafraîchir ma boisson et Mme Tate m'en demande plus sur mon poste d'enseignant. Aurora mentionne que sa mère siège au conseil d'administration de quelques écoles de Manhattan. On en parle depuis un moment mais le fait que l'on ne me pose plus de questions sur mon écriture ne passe pas inaperçu.

Plus tard dans la soirée, après le dîner, Monsieur Tate me demande où je me vois dans cinq ans. C'est une question difficile à répondre, et je hausse simplement les épaules et lève les mains en l'air.

— Vous ne savez vraiment pas ? demande Monsieur Tate. Il a des cheveux épais et lâchés juste en dessous de sa mâchoire, un peu plus long que ce à quoi vous vous attendriez.

Lui et la maman d'Aurora se ressemblent tellement qu'ils pourraient pratiquement être cousins, et pourtant Aurora ne leur ressemble en rien. Bien qu'elles soient à la fois grandes et larges d'épaules, Aurora est petite et beaucoup plus ronde que sa mère.

Bien qu'elles aient des pommettes hautes et un nez aristocratique mince, le visage d'Aurora est plus large et un peu plus plat. Néanmoins, elle est l'une des femmes les plus belles que j'ai jamais vues, mais je ne peux pas nier qu'elle ne ressemble à rien à ses parents.

— Non, je n'ai vraiment pas de plan. Je veux dire, il y a certaines choses que je veux faire, comme écrire un roman, mais en ce qui concerne où je veux que ma vie soit, je ne suis pas si sûr.

Monsieur Tate me regarde, secouant la tête.

— Je sais que vous n'avez pas grandi avec un père, jeune homme, mais permettez-moi de vous donner un petit conseil, déclare Monsieur Tate, après un moment. Vous devriez toujours avoir un plan de cinq ans, un plan de trois ans et un plan d'un an. Sans objectifs, vous ne savez pas où va votre vie. Sans objectifs, vous vous laisserez dériver et un de ces jours, vous vous retrouverez à cinquante ans à vous demander ce qui s'est passé. S'il y a certaines choses que vous voulez réaliser, vous devez les poursuivre. Et vous devez être prêt à éliminer tous ceux qui vous barrent la route.

— C'est ce que vous avez fait ? je demande.

— Bien sûr, dit-il sévèrement. C'est la seule façon dont j'ai pu arriver là où je suis. Je ne sais pas ce que Aurora vous a dit de nous, mais nous venons tous les deux de très humbles milieux.

— Oui, elle l'a mentionné, dis-je.

— Je suis né dans une rue sale et Gwen a grandi avec ses grands-parents, parce que sa mère l'a eue à quinze ans. Certaines personnes cacheraient ces faits, mais nous sommes fiers d'où nous venons et du peu que nous avions. Lorsque nous avons acheté notre première station de radio, nous y avons dépensé notre dernier centime, puis nous nous sommes endettés pour cent mille autres. Nos concurrents pensaient que nous étions fous, mais un an plus tard, nous en avons acheté une autre et une autre. Nous savions à l'époque que pour nous protéger, nous devions répartir nos risques. De cette façon, lorsqu'une ou deux échouaient, ce qu'elles faisaient presque toujours, nous en aurions d'autres qui tiendrait le coup.

— C'est un bon plan, je suis d'accord.

— Ma fille ici, vous ressemble beaucoup, poursuit Monsieur Tate. Elle n'a pas beaucoup de plan pour l'avenir. Elle obtient son doctorat en fiction populaire, peu importe ce que c'est, et pour une raison quelconque, je l'ignore. J'ai l'impression qu'elle attend juste que quelque chose se passe.

— Tu sais que je suis là, papa, dit Aurora. Tu n'as pas à parler de moi comme si je ne l'étais pas.

— Je sais que tu es là, chérie. Je ne suis simplement pas sûr que tu ne m'écoutes.

Elle résiste à la tentation de lever les yeux au ciel, succombant finalement mais seulement un peu.

— Mais Aurora est ma fille et, par conséquent, elle a certains avantages que vous n'aviez pas, explique Monsieur Tate. Elle aura toujours de l'argent et elle aura toujours des perspectives, même si elle choisit de ne pas les utiliser.

— Ce n'est pas parce que je ne suis pas intéressé par travailler pour Tate Media pour le moment , dit Aurora, que ce n'est pas quelque chose que je pourrais vouloir faire à l'avenir.

— Réveille-toi, Aurora, dit Monsieur Tate. L'avenir c'est maintenant. Tu as vingt-cinq ans. Dans cinq ans, tu en aura trente ans. Sais-tu où j'étais quand j'avais trente ans ? Sais-tu où ta mère était quand elle avait trente ans ?

— Les choses sont différentes de nos jours, papa, explique Aurora.

— Oui, malheureusement, j'ai remarqué un changement. Il fut un temps où vous étiez adulte à dix-huit ans. Mais de nos jours, tout le monde semble être un enfant jusqu'à l'âge de quarante ans.

— Quoi qu'il en soit, dit Monsieur Tate en tournant son attention vers moi. Quelles que soient les lacunes d'Aurora, c'est ma fille et elle sera toujours bien prise en charge. Vous, en revanche, vous devez apprendre à vous tenir debout sur vos deux pieds.

Je serre les poings pour maîtriser la colère.

— Eh bien, je travaille pour gagner ma vie, cinquante heures par semaine. Pendant l'année scolaire, souvent plus que cela. Je ne suis pas beaucoup payé, mais c'est la réalité d'être un enseignant. Et pendant les étés, je travaille soixante, souvent soixante-dix heures par semaine au yacht club, barman et nettoyage de bateaux comme le vôtre, en faisant tout ce qu'il faut.

— Ne vous méprenez pas, Henry. Je ne dis pas que vous n'êtes pas un travailleur acharné. Je sais que vous travaillez vraiment très dur, beaucoup plus dur que certaines personnes dans cette pièce.

Monsieur Tate fait un clin d'œil à Aurora qui ne trouve pas la blague particulièrement drôle.

— Tout ce que je dis, c'est que pour réussir dans ce monde, il faut être à la fois un travailleur acharné et un travailleur intelligent. Vous ne voulez pas être l'un de ces salauds à travailler dur, à faire un travail éreintant pendant vingt ans, puis à prendre des opiacés pour faire face à la douleur et à vous bousiller la vie. Non, vous devez penser par vous-même. Quoi que vous vouliez, vous devez le rechercher. Personne d'autre ne le fera pour vous. Comprenez-vous ?

Je prends une profonde inspiration et regarde profondément dans ses yeux.

— Oui, dis-je. Je comprends.

Dès que nous sortons, Aurora attrape ma main et s'excuse à maintes reprises.

— Je ne peux pas croire que mon père a fait cette tirade, dit-elle. Je suis tellement, tellement désolée.

— Non, ça va, en fait c'était très intéressant de lui parler.

— Oh, allez, dit-elle en agitant ses mains et en roulant des yeux. Tu ne peux pas être sérieux ?

Je hausse les épaules et incline la tête.

— Je n'en ai jamais parlé à personne avant. Mais je pense qu'il a raison. Je veux dire, peut-être que je perds mon temps. Enseigner n'est pas quelque chose que je veux faire, alors pourquoi diable suis-je même là ?

— C'est un bon travail et une profession honorable.

— Oui, c'est vrai si tu es passionné.

— Tu laisses juste mon père t'atteindre, dit Aurora en jetant ses cheveux. Tu ne peux pas l'écouter.

— Non , dis-je en secouant la tête, il a raison. J'ai besoin d'un plan de cinq ans, ou au moins d'un plan d'un an. Je veux dire, pour l'avenir, quels sont mes objectifs pour l'année ? Que veux-je accomplir ? Où veux-je être cette fois à ce même moment l'année prochaine ? Peut-être que je dois me poser ces questions pour pouvoir enfin obtenir ce que je veux.

13

AURORA

Le lendemain matin, ma mère insiste pour me revoir pour le petit déjeuner. Ils vont au Montana plus tard dans la journée dans leur jet privé pour quelques semaines, juste pour s'évader de tout. Ils le font chaque été, et c'est le troisième que j'ai sauté.

J'adore cet endroit - la nature sauvage, le grand ciel bleu et la solitude - sont incroyables. Mais quand mes parents sont là, tout l'oxygène semble en être aspiré.

— Alors, qu'as-tu pensé d'Henry ? je demande quand le serveur nous apporte nos croissants. Je ne veux pas être ici mais elle insiste jusqu'à ce que je n'aie pas le choix.

Maman prend un mimosa, mais c'est un peu trop tôt pour une vodka pour moi.

— Je pense que c'est un très gentil garçon, Aurora. Mais il ne te convient pas très bien.

Je secoue la tête, détournant mes yeux.

— Qu'est-ce qui m'a fait penser qu'elle me donnerait une autre réponse ? je me demande.

— Je crains juste que tu ne connaisses pas ta valeur, ajoute ma mère.

Je secoue à nouveau la tête et croise les bras.

— Je t'en prie, ne me regarde pas de cette façon, poursuit-elle.

— Comme ça ?

— Comme si je te disais quelque chose que tu es réellement surprise d'entendre. La seule raison pour laquelle tu le vois est pour nous punir de quelque chose ?

Je la regarde. Elle est vraiment la personne la plus égocentrique que j'ai jamais rencontrée.

— Tu es sérieuse ? demandé-je.

— Bien sûr.

— Je le vois parce que je l'aime, dis-je.

— Eh bien, néanmoins, il n'est pas un bon parti pour toi.

— Donc, il ne t'a pas plus ? je demande.

— Est-ce que j'ai dit ça ?

— Pas avec autant de mots, dis-je avec un haussement d'épaules.

— Aurora, je n'ai pas le temps pour tes caprices en ce moment.

— Eh bien, je n'ai pas non plus de temps pour les tiens. Je ne comprends pas exactement ce que tu n'aimes pas chez lui, sauf pour son manque d'argent. Mais, flash info, maman, personne n'a autant d'argent que toi.

Elle secoue la tête et remue son café, faisant scintiller son diamant.

— Peut-être que tout le monde n'est pas aussi à l'aise que ton père et moi, mais il y a beaucoup de célibataires riches et éligibles qui feraient un excellent petit ami pour toi.

— Alors tu me dis que je ne peux pas sortir avec quelqu'un qui fait moins que, quoi exactement ? Y a-t-il une sorte de point de coupure ? Vous ne sembliez pas avoir de problème avec Connor, et il gagne 150 000 $ par an.

— Exactement , fait remarquer maman. Connor n'était pas riche à tous points de vue, mais il avait un avenir devant lui. Henry, d'autre part, nous a dit catégoriquement qu'il n'avait aucune idée de ce qu'il voulait faire dans les prochaines années.

Ton père a été très déçu de ce fait.

— Je ne vois pas pourquoi, me dis-je.

— Il veut le meilleur pour toi, Aurora. Tout comme moi. Nous sommes simplement très découragés par le fait que tu ne sembles pas vouloir cela par toi-même.

— Tu sais quoi, maman ? Il y a plus dans la vie que l'argent, dis-je. J'ai grandi avec et autour de beaucoup de choses et je ne dirais pas que cela a fait de moi une personne particulièrement heureuse. Et pourtant, il y a des gens avec beaucoup moins qui sont parfaitement satisfaits. Il y a peut-être un chemin à suivre.

— Toi , dit ma mère, pointant son doigt sur mon visage, tu n'as aucune idée de quoi tu parles.

Elle plisse les yeux et regarde profondément dans les miens, avec une menace dont je ne me souviens pas avoir vue auparavant.

— Nous t'avons tout donné, et c'était peut-être une erreur. Tu n'as aucune idée de ce que c'est que d'être pauvre, ni à quel point c'est terrible. J'ai grandi dans des motels qui chargeaient à l'heure ma grand-mère parce que ma mère avait disparu. Elle a eu un petit ami violent après l'autre, sans compter son mari, mon grand-père.

— Tous les pauvres ne grandissent pas comme ça, dis-je.

— Quoi qu'il en soit , dit-elle, telle a été mon expérience. Et je n'ai jamais voulu que tu passes par quelque chose comme ça. Pourquoi penses-tu que ton père et moi avons travaillé si dur pour arriver là où nous sommes ?

— Tu es sérieuse ? je la défie. Tu es sérieusement en train de dire que vous avez tout fait pour moi ? J'y crois à peine.

— Eh bien, nous l'avons fait.

— Non, ce n'est pas vrai. Vous m'avez peut-être envoyé dans les meilleures écoles et m'avez donné le meilleur de tout, mais vous ne l'avez pas fait pour moi. Vous aviez conquis le monde avant mon arrivée. Vous avez acheté votre première station de radio avant d'envisager de m'avoir. Et vous et moi le savons tous les deux.

— Écoute, je ne veux pas me battre avec toi, Aurora. Je ne veux pas me battre avec toi pour ce que nous avons fait ou non. Tout ce que je veux faire, c'est te demander de ne plus voir Henry.

— Je ne comprends pas pourquoi tu t'inquiètes autant. Tu ne t'es jamais souciée de qui je voyais auparavant, je fais remarquer. Connor ne m'a pas très bien traitée, pas plus que certains de mes autres ex-petits amis. Et pourtant tu n'as rien dit.

— Connor avait des perspectives, dit ma mère en croisant les mains devant elle et en pinçant les lèvres. Et quant à ces autres, je savais que tu finirais par trouver un moyen de sortir de ces relations.

— Mais tu ne te soucies pas que Henry me traite vraiment bien ? je demande.

— Si, bien sûr, mais ce n'est pas suffisant. Je peux te voir devenir sérieuse avec lui, même après quelques rendez-vous. Et crois-moi, il sera toujours un poids sur tes épaules.

Je secoue la tête.

— En ce moment, t'as l'impression que tu peux le soutenir parce qu'il se sent léger, poursuit maman. Mais après un petit moment, il va commencer à se sentir comme une ancre, et vous allez vous noyer.

14

———

AURORA

Malgré les protestations de mes parents, nous passons le reste de notre été ensemble. Henry continue de travailler au yacht club et sur des bateaux, et emménage pratiquement chez mes parents dans les Hamptons avec moi.

Il s'agit d'une grande villa de cinq chambres située sur quatre hectares de biens immobiliers haut de gamme face à l'océan. Les voyages de mes parents les emmènent au Montana, puis à Paris, Londres et Rome pendant que nous restons ici au bord de l'eau et passons chaque minute possible nus.

Cela devient l'été le plus heureux de ma vie. Nous dormons tard, chaque fois que nous le pouvons, et Henry me fait des crêpes et des gaufres. Parfois, nous courons directement du lit à la piscine. D'autres fois, nous enfilons nos maillots de bain et marchons le long de la plage et nous enfouissons les pieds dans le sable.

Nous ne discutons pas.

Nous ne nous battons pas.

Nous nous perdons juste en compagnie l'un de l'autre.

Nous voulons passer chaque minute éveillée ensemble parce que nous ne pouvons pas en avoir assez. Chaque minute que nous passons ensemble n'est pas encore suffisante.

Je le désire de plus en plus, plus le temps passe. Pendant qu'il est au travail, je passe mes journées à attendre et parfois à écrire. Mon travail de doctorat comble le besoin que j'ai au creux de mon estomac de rassembler des mots sur du papier, mais pendant les longues journées d'été, mon esprit commence à vagabonder et je pense à écrire autre chose.

Henry est tellement ouvert avec moi à propos de ses écrits, et pourtant j'ai l'impression d'être toujours dans le placard avec les miens, non seulement avec lui, mais aussi avec moi-même. Chaque jour que j'ai de libre, je promets que j'écrirai dans l'après-midi, mais quand je m'assois et regarde fixement l'écran vide et ce curseur clignotant, je perds ma concentration.

Un jour, au plus fort de la canicule, alors que les journées sont encore très longues et chaudes, nous nous asseyons ensemble au bord de la piscine en regardant le soleil du soir se coucher à l'horizon.

— C'est le plus bel endroit que j'aie jamais visité, dit Henry.

— Oui, c'est assez merveilleux, non ? je confirme, distraitement.

— Mais je ne parle pas seulement de la maison ou des Hamptons, dit-il.

Lorsqu'il tourne son corps vers le mien, sa peau bronzée scintille et brille.

— Je t'aime, Aurora, dit-il en me regardant directement dans les yeux.

— Je t'aime aussi, murmuré-je et je regarde en arrière à l'horizon.

Je me souviens de la première fois qu'il m'a dit qu'il m'aimait, j'étais assise sur ses genoux, en train de vérifier mon courrier électronique.

Quand il n'y avait rien dans ma boîte de réception, j'ai soupiré et j'ai dit :

— Oh, non, personne ne m'aime, ce à quoi il a répondu :

— Si. .

Je pensais qu'il plaisantait probablement, mais quand je l'ai regardé, j'ai vu qu'il était sérieux. À ce moment, j'ai réalisé que je l'aimais aussi. Nous n'étions ensemble que depuis trois jours et c'était bien trop tôt, mais rien de tout cela n'avait d'importance. Il m'aimait et je l'aimais.

— Je t'aime aussi, dis-je en me tournant pour lui faire face. Tu le sais.

— Cet été a été incroyable, le meilleur de ma vie.

— Moi aussi, je murmure, lui faisant un signe de tête.

— Veux-tu emménager avec moi ? demande Henry.

Ma poitrine se serre et mon cœur bat rapidement. J'adorerais ça, mais j'hésite à le dire à voix haute.

— Comment cela fonctionnerait-il exactement ? je demande. Ton appartement est dans le Bronx et le mien est sur la 116ème avenue.

J'espère qu'il sait ce que je pense sans que j'aie à le dire. Il serait insensé de sa part de renoncer à son appartement si proche de son travail car les appartements abordables sont très difficiles à trouver.

— Tu ne penses pas que ce soit trop tôt ? je demande.

Il hausse les épaules et incline la tête pour que ses cheveux tombent dans ses yeux.

— Nous avons vécu ensemble tout l'été, non ?

— Oui, j'ai l'impression que oui, dis-je avec un sourire.

Mon autre hésitation n'a rien à voir avec lui ; ce sont mes parents. Ils ne savent pas qu'il reste avec moi ici et ils ne seraient certainement pas contents s'il déménageait officiellement chez moi près du campus, pour lequel ils paient.

— Penses-tu vraiment que cela ne fonctionnera pas ? demande-t-il.

— Non bien sûr que non. Je crains juste que tu ne te lasses du trajet. En ce moment, tu es juste en face de ton travail, dans le logement subventionné qu'ils te fournissent. Pourquoi ne pas sous-louer ton appartement pour le semestre ? De cette façon, tu peux tester le trajet et voir comment tout se passe.

Il prend ma main dans la sienne et se penche plus près.

— Tu sais, tu parles de me faire emménager avec toi, alors que je te demandais d'emménager avec moi.

Je sens ma bouche s'ouvrir. Bien sûr, c'est exactement ce que je pensais. Il effleure mon menton pour fermer ma bouche.

— Mon Dieu, je sais que mon appartement est assez merdique, mais tu pourrais me faire plaisir et faire semblant, dit-il en riant.

***

Nous emménageons officiellement ensemble deux semaines plus tard.

Enfin, je suppose non-officiellement, car mes parents ne savent pas que Henry vit maintenant dans l'appartement pour lequel ils paient, mais il sous-loue le sien pour le semestre et commence à se rendre au travail de chez moi.

Mon semestre commence et j'aime être de retour dans le flux des choses. Il est difficile d'expliquer pourquoi j'aime autant l'école, mais c'est le cas.

J'aime apprendre de nouvelles choses. J'aime me mettre au défi. J'aime la publicité et les études supérieures ne sont rien si ce n'est pas beaucoup de lecture.

Ce qui est bien avec les études supérieures, c'est que, contrairement au premier cycle, je ne prends que les cours qui m'intéressent. La plupart d'entre eux nécessitent beaucoup de recherche et d'écriture, et j'aime ça aussi.

Cette année, je me concentrerai principalement sur ma thèse. J'ai développé mon programme de doctorat à partir de zéro, étant donné qu'il n'y avait pas de doctorat en fiction populaire disponible au département. Mais avec beaucoup de travail acharné et la coopération de mes professeurs, j'ai pu concevoir et élaborer mon propre plan de recherche personnalisé.

Romance et thrillers sont les genres les plus populaires et pourtant les critiques semblent y prêter très peu d'attention. Il y a très peu d'analyse et très peu d'interprétation de ce que les genres populaires disent de notre culture. C'est ce qui m'intéresse particulièrement ; comment ils influencent la culture et comment ils influencent les changements de culture.

Par exemple, le mouvement Me Too et parler de consentement en matière de harcèlement et d'abus sexuels a été un énorme changement culturel en 2019. Et immédiatement, ces sujets ont commencé à apparaître dans les livres qui ont été publiés de manière indépendante au cours de l'année par certains écrivains auto-édités très prolifiques et très populaires.

La plupart des romans sont écrits par des femmes et consommés par des femmes et parce qu'il n'y a pas d'obstacles à ce que ces auteurs mettent dans leurs livres, outre le marché lui-même, de nombreux auteurs ont intégré des changements culturels comme le mouvement Me Too dans leur travail. En fait, il existe de nombreuses instances où le mouvement Me Too est mentionné directement, quelque chose qui n'a pas encore eu lieu dans les livres publiés traditionnellement.

Après avoir commencé l'école, je rentre chaque jour à la maison, excitée par toutes les nouvelles choses que j'apprends et qui ont un impact sur moi en tant que chercheuse.

Henry, malheureusement, n'a pas autant de chance.

Il est triste dans son travail et tout ce qu'il veut, c'est arrêter. L'enseignement n'est pas son fort. Il n'est pas particulièrement patient et il ne s'y intéresse pas du tout.

— Que veux-tu faire maintenant ? je lui demande pendant que je prépare le dîner sur le poêle.

Habituellement, nous commandons des plats à emporter, mais cet après-midi, j'étais impatiente de faire quelque chose moi-même. Bien sûr, mon enthousiasme s'est dissipé au milieu du repas, mais à ce moment-là, j'étais déjà trop investie.

Marchant vers moi, Henry me retourne et presse son corps contre le mien. Passant ses mains de haut en bas sur mes hanches, il me regarde avec cette envie dans les yeux.

— Non, non, non, je me force à m'éloigner. Je ne peux pas faire ça maintenant, je cuisine.

— Oui, je peux le voir, dit-il, en dégageant les cheveux de mon cou et en m'embrassant.

— Et si on éteignait simplement le brûleur ? Tu peux le laisser tel quel et me rejoindre dans la chambre pour un petit moment, murmure-t-il.

Quand il passe sa main sur ma cuisse, mes jambes s'ouvrent à lui. Je me perds un instant, atteignant rapidement cet état dans lequel tout ce que je désire, c'est qu'il soit à l'intérieur de moi.

AURORA

— ALLEZ, nous avons encore quelques choses à régler, n'est-ce pas ? demande-t-il, en tirant sur ma main et en essayant de me tirer dans la chambre.

Je secoue la tête, essayant de lui résister. Mais ses baisers deviennent plus énergiques et insistants et je ne peux pas me résoudre à dire non.

— Je ne sais pas de quoi tu parles, je murmure en riant. C'est un mensonge, bien sûr.

— Oh, je pense que oui, marmonne-t-il entre ses baisers. Je ne veux pas l'admettre, mais je sais exactement de quoi il parle.

Je lui ai dit que je ne pouvais que jouir seule,

alors il s'est donné pour mission cet été de changer cela. À chaque fois, ça ne marche pas, il n'abandonne pas et essaie juste plus fort.

Et nous progressons. Il y a quelques jours, j'y suis arrivée juste avec ses doigts et maintenant il veut essayer avec lui en moi.

— Tu sais, c'est très courant , dis-je. Peu de femmes peuvent jouir pendant qu'elles ont des relations sexuelles. J'ai lu à ce sujet en ligne.

Henry s'éloigne de moi une seconde et me regarde.

— Tu sais que je ne veux pas que tu te sentes mal de à cause de ça, non ?

J'acquiesce. Il soulève mon menton et me fait le regarder.

— Je suis sérieux. Je sais que nous jouons à ce jeu mais je veux seulement continuer aussi longtemps que tu le veux. Si tu ne veux pas que je continue, ça va. C'est tout pour toi. Je veux juste te donner autant de plaisir que possible.

Je déglutis difficilement.

J'ai toujours pensé que j'avais ce problème que je ne pourrais jamais surmonter. Pourtant, il y a un homme qui se tient devant moi et qui veut aider. Je n'ai jamais pensé que je trouverais quelqu'un qui ferait autant d'efforts et ne se vexerait pas si cela ne fonctionnait pas.

Je prends sa tête dans ma main et presse mes lèvres contre les siennes.

Je l'embrasse doucement au début, mais ensuite avec plus de force et de passion. Nos vêtements se détachent rapidement et il me conduit dans la chambre. Juste au moment où nous y arrivons, je me souviens que le brûleur est toujours allumé et je me précipite en courant pour l'éteindre. Quand je rentre dans la chambre, je le trouve assis complètement nu sur le lit, les bras drapés sur les oreillers.

 Henry contracte son estomac et au lieu de six muscles saillants, j'en compte huit. Déplaçant son poids, il me tire sur le lit.

— Tu vas jouir aujourd'hui. , dit-il.

Cela ressemble à un ordre, et j'aime ça.

— J'essaierai, dis-je.

— Non, tu le feras.

Il porte mes mains vers le haut du lit et les tient toutes les deux avec les siennes.

— Qu'est-ce que tu fais ? je demande.

— J'ai une surprise pour toi, dit-il.

 Sortant une cravate verte aux accents dorés, il la fixe sur mes poignets puis l'enroule autour de la tête de lit.

Des frissons parcourent ma colonne vertébrale.

Je n'ai jamais rien fait de tel auparavant, et je me sens de plus en plus excitée à chaque instant qui passe.

— Tu veux que je m'arrête ? demande-t-il.

Je secoue la tête pour lui dire non.

Il prend une autre cravate, bleue cette fois, et la met sur mes yeux.

Les yeux fermés, mes autres sens prennent vie. Les mains liées, le reste de mon être est exposé et submergé de plaisir.

— Tu veux que je m'arrête ? demande-t-il.

Je fais non de la tête.

— Continue, murmuré-je.

 Henry passe ses doigts sur mon cou et sur mes seins. Je me cambre quand ses mains descendent le long de mon torse. Mes jambes semblent s'ouvrir toutes seules. Mais il les ferme et dit :

— Pas encore.

Il commence à embrasser mes orteils puis monte lentement sur mes jambes.

Cette fois, cependant, lorsque mes jambes s'ouvrent pour l'accueillir à l'intérieur, il va plus loin. Ses baisers qui sont doux au début, deviennent de plus en plus pressés et puissants à chaque instant.

Il me veut autant que je le veux. Une sensation de chaleur commence à se former quelque part au centre de mon cœur. Je plie mes orteils pour relâcher une partie de la tension, mais elle ne disparaît pas.

Quand ses doigts pénètrent, je me sens m'approcher de cette fontaine de plaisir. Les yeux fermés, je suis capable de me laisser aller d'une manière dont je n'ai jamais fait l'expérience auparavant. C'est comme si j'étais en biostase. Je ne me concentre pas sur lui et je ne me concentre même pas sur moi-même. Du coup, je suis juste capable de profiter du moment.

Ses doigts commencent à bouger de plus en plus vite, et je me sens me rapprocher de cette explosion. Mais alors, il me surprend. S'écartant pendant une seconde, il ouvre mes jambes plus largement et se pousse à l'intérieur.

Mon corps l'accueille immédiatement. J'enroule mes jambes autour de lui et le pousse plus profondément en moi. Et puis, tout comme nos poussées et nos mouvements ne font qu'un, mon corps semble aspirer au sien.

Ma fréquence cardiaque accélère et saute même quelques battements. Je me sens me rapprocher. Mais ça ne va pas se produire, n'est-ce pas ? Ça n'est jamais arrivé auparavant. Pourquoi cela arriverait-il maintenant ?

Et puis, je jouis. Le sentiment prend le dessus avant que je ne réalise ce qui se passe.

Il me submerge et me consume.

Il me prend complètement au dépourvu, et pourtant je surfe sur la vague jusqu'à la fin.

— Henry ! je crie.

Ses coups de bassin s'accélèrent et un instant plus tard, il se joint à moi sur cet imposante montée. Quand il s'effondre enfin sur moi, il chuchote mon nom encore et encore, ajoutant parfois un *je t'aime*.

— Je t'aime aussi, dis-je, poussant un profond soupir de soulagement.

— Qu'est ce qui se passe ici ?

Sa voix envoie des frissons dans ma colonne vertébrale.

Ce n'est pas elle, je me dis. Non, ça ne peut pas être elle. Que diable fait-elle ici ?

— Aurora ? demande-t-elle d'un ton de voix désapprobateur et déçu.

J'essaie de me lever, mais je me rends compte seulement que mes mains sont attachées et qu'il y a un bandeau sur mes yeux.

— Enlève-moi ces choses, sifflé-je à Henry.

Abasourdi, il ne bouge pas jusqu'à ce que je le frappe. Puis il passe à l'action.

Une fois mes bras libres, je baisse rapidement mon bandeau.

Quelle que soit la mortification que je ressens, cela ne fait pas rougir mon visage, mais au lieu de cela, tout mon sang s'écoule et s'accumule au fond de mes pieds.

Ma respiration ralentit et je peux à peine sentir mon rythme cardiaque.

Ma mère ne se retourne pas pour détourner les yeux.

Au lieu de cela, elle me lance un regard, puis à Henry puis à moi. Je glisse le bandeau et la cravate de mes poignets sous l'oreiller, mais c'est trop tard. Elle les a déjà vus.

— Alors, je vois que vous êtes toujours ensemble, annonce ma mère en croisant les mains sur sa poitrine.

Je tire le drap autour de mon corps pour me couvrir et jette un bref coup d'œil à Henry qui est déjà couvert de la taille aux pieds.

— Nous n'en avons jamais beaucoup parlé après votre départ pour le Montana, je l'informe. Mais, oui, Henry et moi nous voyons depuis.

— Alors, ce petit entretien que nous avons eu ? demande-t-elle. Cela entre tout droit dans une oreille et sort par l'autre ?

— Je ne dirais pas ça. Je l'ai pris en considération, mais j'ai l'impression d'avoir gagné le droit de passer du temps avec qui je veux.

Je suis fière de moi de ne pas faire une scène. J'aurais pu pleurer et hurler, mais je reste ferme.

Oui, elle m'a vue dans une position terriblement embarrassante, mais c'est elle qui est venue nous voir.

— Alors, tu ne penses même pas que tu dois à moi et à ton père des excuses ? demande ma mère.

— Des excuses pour quoi ?

— Eh bien, nous pensions que nous étions parvenus à un accord avec toi, et nous t'avons pris au mot.

— Nous ne sommes parvenus à aucun accord, insisté-je. Vous m'avez dit que vous n'aimiez pas Henry et je vous ai écouté. Mais à aucun moment je ne vous ai promis quoi que ce soit.

— Et à aucun moment, ne nous as-tu informés que tu emménagerais avec lui.

— Et pourquoi le ferais-je ?

— Parce que nous payons pour cet appartement. Nous payons tes dépenses mensuelles.

— Et cela signifie, quoi exactement ? Que tu me possède ?

Elle passe la main sur ses lèvres et lève la main en l'air pour me frapper. Je ferme les yeux et j'attends l'impact. Mais rien ne se passe. Quand je les rouvre, elle prend une profonde inspiration et détend ses épaules.

— Ne sois pas une telle garce, Aurora, ça ne te semblera pas toujours aussi bon que maintenant, dit-elle.

— Sors ! je crie, essayant de rester forte. Fous le camp d'ici.

Je mords ma lèvre inférieure. Mon masque commence à se briser.

— Je m'en vais. Mais tu ferais mieux de commencer à chercher un autre endroit où vivre, dit maman.

La première fissure est apparue quand elle est entrée. Et plus nous parlions, plus il était difficile pour moi de prétendre que j'allais bien. Quand la porte se referme derrière elle, mes larmes se libèrent et jaillissent de moi comme un geyser.

16

HENRY

Lorsque sa mère part, Aurora se couche sur le lit et regarde dans l'espace. Je veux faire quelque chose pour aider, mais je ne sais pas quoi.

— Comment cela a-t-il pu arriver ? demande-t-elle. Comment ont-ils pu nous attraper comme ça deux fois ? Et mes mains étaient attachées. Pourquoi diable m'as-tu mis ce bandeau ?

— Je ne savais pas que ta mère allait être ici aujourd'hui, dis-je pour ma défense. Je pensais que ce serait quelque chose d'amusant à essayer. Et tu semblais aimer ça.

Elle secoue la tête. Je m'agenouille devant elle et la prends dans mes bras.

Au début, elle résiste, puis elle cède. Ses épaules montent et descendent alors qu'elle sanglote dans ma poitrine.

Je la tiens longtemps sans dire un mot.

Finalement, elle s'éloigne et essuie ses larmes sur son visage.

— J'ai bien aimé, dit-elle. Cela m'a permis de sortir de ma tête et de me détendre. Comment savais-tu que ça allait marcher ?

Je la regarde.

— Qu'est-ce que tu entends par *marcher* ?

— Eh bien, tu sais... Sa voix s'éteint.

— Oh, tu...? elle acquiesce et me fait un clin d'œil. Et puis elle est entrée et a tout gâché.

Je hausse les épaules et trouve mon pantalon dans le couloir et ma chemise dans le salon. Quand je reviens, Aurora n'a pas bougé. Elle est toujours recroquevillée sur ses jambes et repose sa tête dans ses mains.

— Tu veux prendre une douche ? je demande. Elle secoue la tête. Je lui apporte des vêtements et m'allonge à côté d'elle.

— Ça va aller, dis-je. Elle s'en remettra.

— Non.

— Que veux-tu dire ? demandé-je.

Aurora prend une profonde inspiration et expire encore plus lentement.

— Je connais ma mère. Elle va me faire payer pour ça.

— D'accord... Alors, peut-être qu'elle te fera abandonner ton appartement, alors quoi ? Tu peux toujours emménager avec moi.

— Tu sais qu'ils paient pour mon école, non ? Et je reçois également une allocation mensuelle pour vivre. Je n'ai pas d'emploi. Je n'ai aucun moyen de payer quoi que ce soit sans eux.

Je m'éloigne d'elle, croisant mes bras.

— Eh bien, tu as vingt-cinq ans, c'est peut-être le meilleur moment pour apprendre à devenir adulte.

Lentement, elle détourne le regard de cet endroit au loin sur lequel elle s'est concentrée et tourne son regard vers moi.

— Cela n'a rien à voir avec le fait que je ne veuille pas avoir d'emploi, dit-elle froidement. C'est tout le reste. C'est toute ma vie. Mes parents sont des connards mais ce sont toujours mes parents. Et je ne suis pas prête à les abandonner.

— Je ne te le demande pas, dis-je.

— Cela y ressemble certainement, elle secoue la tête comme je secoue la mienne.

Je ne comprends pas d'où elle vient et je ne la comprends pas.

Je sais que nous devons en parler davantage, mais je ne peux tout simplement pas me résoudre à le faire maintenant. En plus, il y a autre chose dans ma tête.

— Je pensais que tes parents savaient que nous vivions ensemble, dis-je.

Elle ne répond pas.

— Je veux dire, je savais qu'ils n'étaient pas mes plus grands fans, mais je n'ai pas non plus réalisé qu'ils me détestaient.

Elle regarde le sol et ne répond pas.

— Ma mère en a parlé avec moi après l'incident du bateau, raconte-t-elle au bout d'un moment. Je ne voulais pas te le dire parce que je pensais que je pouvais leur faire changer d'avis. Je pensais que nous pourrions nous retrouver un jour dans la ville après leur retour d'Europe et faire une pause. Je ne m'attendais pas à ce qu'elle vienne ici aujourd'hui et fasse tout exploser.

17

———

AURORA

DEUX JOURS PLUS TARD, entre mes cours du matin et de l'après-midi, je rencontre ma mère dans son restaurant préféré à Midtown, celui d'à côté du Ritz-Carlton Spa où elle se rend religieusement. Il me faut 45 minutes pour y arriver, ce dont elle est bien consciente. Pourtant, quand elle le suggère, je ne me plains pas du trajet.

— Comment se passe ta journée ? je demande, en prenant un siège en face d'elle à la table.

C'est le genre d'endroit où tous les serveurs sont des vieillards qui en savent trop sur le vin et pas assez sur les cocktails.

— Je me suis fait faire les ongles ce matin, dit ma mère après m'avoir donné deux baisers aériens, en faisant attention de ne pas gâcher son maquillage. Comme tu peux le voir, ils n'ont pas fait un très bon travail.

Je regarde ses ongles et je ne vois rien qui cloche.

— Juste ici, elle montre son index. Regarde de plus près la cuticule.

— Oh, oui, j'acquiesce manifestement même si je ne sais pas de quoi elle parle.

Après avoir passé nos commandes de boissons, elle entrelace ses doigts, faisant attention de ne pas mettre ses coudes sur la table, et me regarde.

— Ton père ne va pas bien, dit-elle.

La déclaration me frappe comme un coup à l'estomac.

— De quoi parles-tu ? je demande. Quelque chose est arrivé ?

— Non, mais il n'est pas en bonne santé. Il va bien en ce moment, mais il a des problèmes cardiaques.

— Je le sais déjà, dis-je. Qu'est-il arrivé ?

— Il ne s'est rien passé, elle hausse les épaules. Je veux juste créer un certain contexte pour toi.

Je prends une gorgée de mon martini et j'attends une explication supplémentaire.

Ma mère a toujours été une énigme. Je comprends rarement où elle veut en venir ou ce qu'elle veut dire. Depuis que je suis une petite fille, j'ai l'impression que nous avons existé sur deux plans séparés, en nous voyant, en nous entendant mais sans vraiment interagir l'une avec l'autre de manière significative.

— Je ne sais pas comment te le dire, Aurora, parce que nous ne parlons pas de choses qui comptent vraiment, n'est-ce pas ? dit maman en passant ses doigts dans ses cheveux parfaitement coiffés.

— Peux-tu simplement me dire ce qui se passe ?

Je ne sais pas si elle essaie de faire preuve de tact ou si elle essaie simplement de construire une anticipation exprès, mais je manque de patience de toute façon.

— Les affaires de ton père ne se portent pas très bien. Il a pris un certain nombre de raccourcis, dont je ne peux pas entrer dans les détails pour l'instant. Mais je voulais juste te dire que les choses ne sont pas ce qu'elles semblent être et que ta relation avec Henry ne vient pas au bon moment.

Je la regarde fixement, ne sachant pas comment réagir au début. Mais alors la colère commence à monter.

— Comment oses-tu ? lui demandé-je. Comment oses-tu me dire cela ? Ma relation avec Henry n'existe pas dans votre emploi du temps. Je suis désolée qu'il y ait des problèmes dans l'entreprise, des problèmes dont vous n'avez jamais pris la peine de me parler mais je ne comprends pas ce que ma relation avec Henry a à voir avec Tate Media. Ou pourquoi es-tu si préoccupée ?

— Chérie, dit ma mère.

Et si vous savez quelque chose sur ma mère, elle n'utilise pas cela comme un terme affectueux.

— Chérie, je m'inquiète pour toi. Que sais-tu vraiment d'Henry ?

— Qu'est-ce qu'il y a à savoir ? je lui demande. C'est un enseignant et un écrivain et c'est tout.

— Mais s'il y a plus ? demande-t-elle en inclinant la tête et en plissant les yeux.

— Les gens sont compliqués, Aurora. Tu ne sembles pas le savoir. Tu as toujours enfoui ta tête dans des livres où tout finit bien, d'une manière ou d'une autre. Les personnages traversent des hauts et des bas prévisibles, ils apprennent les leçons, ou ils découvrent un crime, ou quoi que ce soit, mais finalement, tout est résolu. Ok ?

— Je suis désolée, Mère, dis-je. Est-ce une conversation sur la santé de papa ? Votre entreprise ? Ma relation avec Henry ? Ou mes mauvais choix en ce qui concerne mes études ? De quoi parlons-nous ici exactement parce que tu vas dans tous les sens ?

— Tu es impossible, dit-elle, en prenant une gorgée de son martini et en tapotant ses longs ongles sur la table.

Notre nourriture est arrivée mais aucune de nous n'a essayé une bouchée.

— Je voulais te voir parce que je voulais te parler de toutes ces choses. Elles sont toutes liées parce qu'elles te concernent toutes, dit-elle.

Je m'assoie sur ma chaise et j'attends qu'elle m'explique.

— Notre entreprise a pris un virage et certains problèmes doivent être résolus. Je ne peux pas en dire plus que ça ici. Je ne peux probablement même pas t'en dire plus, car moins tu en sais, mieux c'est.

— Je suis désolée d'entendre ça, dis-je doucement.

— Je t'ai déjà fait part de mes inquiétudes à propos d'Henry et voir ce que tu faisais ne les a pas apaisés.

Mon sang se glace alors qu'elle mentionne ce qui venait de se passer.

En tant que protestante anglo-saxonne blanche qu'elle est, je ne m'attendais pas à ce qu'elle soulève cela et sa déclaration vient du champ gauche.

Je sens mes joues rougir et je me force à prendre quelques respirations profondes.

— Je sais que ce n'est pas très délicat de ma part d'en parler, mais j'ai vu ce que j'ai vu et je suis inquiète. Je suis ta mère et quand j'étais en couple, on n'a jamais pris les choses aussi loin.

Je prends une profonde inspiration, luttant pour un peu d'air. À ce rythme, j'aurai besoin d'un masque à oxygène pour obtenir suffisamment d'air.

— Mère, si tu veux parler de ma vie sexuelle, on devrait vraiment prendre rendez-vous avec un thérapeute. Je vais en avoir besoin.

Elle secoue la tête avec dédain.

— Je ne veux pas en parler plus que toi. J'avais juste une question pour toi.

— Vas-y, dis-je avec un air grinçant.

— C'était consenti, non ?

— Bien sûr que ça l'était ! Que diable penses-tu qu'il se passe ?

— Je ne sais plus, dit-elle en secouant la tête. Toutes ces femmes qui parlent à la télévision ont été agressées sexuellement ou se sont senties mal à l'aise face à ce que les hommes ont fait pendant des siècles. Et maintenant, tout à coup, c'est mal ?

C'est la première fois que j'entends ma mère parler comme ça. Ma bouche s'ouvre presque.

— C'est tout le problème, dis-je lorsque je retrouve enfin la capacité de parler.

C'est tout le *putain* de problème. Ils font la même chose depuis des années. Et enfin, quelqu'un les dénonce. Toucher les fesses des femmes quand elles marchent à côté d'eux. Dire à une parfaite inconnue de sourire pour qu'elle soit plus jolie pour lui, comme si elle lui devait quelque chose. Les femmes ont supporté ces avances sexuelles non désirées depuis aussi longtemps qu'il y a eu des femmes, et nous en avons assez.

— Si c'est le cas, alors qu'est-ce qui diable se passait dans cet appartement dans lequel je suis entrée ? demande-t-elle.

Ma mère ne jure pas, et le fait qu'elle utilise le mot diable au lieu de zut me fait froid dans le dos. Mais elle est vraiment confuse et autant que cela me fait mal de parler de ma vie sexuelle avec elle, je décide que je n'ai pas d'autre choix.

— C'était un acte consenti, dis-je. C'était juste quelque chose que nous faisions pour le plaisir. Il pensait que le bandeau et les contraintes me sortiraient de ma tête et me détendraient un peu, et il avait raison.

Elle secoue la tête, termine son martini et demande une autre tournée. Je ne sais pas à quoi je m'attendais. Peut-être un peu de compréhension ou de passion, mais elle vit dans un monde entièrement différent, un monde auquel je n'ai jamais pu accéder, peu importe mes efforts.

— D'accord, je pense que nous avons dérapé ici, annonce-t-elle.

— Oui, je suis d'accord, dis-je, poussant un soupir de soulagement.

— Mais nous comprenons-nous ? demande-t-elle. Je la regarde et dans ses grands yeux verts.

— Sur quoi ?

— A propos d'Henry.

— Eh bien, je sais que vous ne l'aimez pas, tu as été parfaitement claire.

— Alors, tu ne le reverras plus ? demande-t-elle.

Je fronce les sourcils et secoue la tête.

— Bien sûr que si.

— Donc, je suppose que nous ne sommes pas parvenues à un accord.

— Non, dis-je.

— D'accord alors, disons-le de cette façon. Si tu veux continuer à voir Henry, tu peux le faire toi-même. Mais ton père et moi ne voulons pas qu'il vive dans l'appartement pour lequel nous payons.

Le sang s'écoule de mon visage et je regarde la table, ramassant une petite miette laissée par la baguette française.

C'est ce dont j'avais peur, un non définitif.

Elle a déjà montré sa désapprobation, mais elle vient en fait de dire que je devrais déménager.

— Je ne comprends pas pourquoi, dis-je. Que pensez-vous que fait Henry ? Pensez-vous qu'il ment sur qui il est ?

— Non, je ne pense pas. Je pense qu'il me dit la vérité absolue et c'est ce qui me fait le plus peur.

Je secoue la tête.

Elle pose sa main sur la mienne, me surprenant.

Le ton de sa voix devient soudainement plus doux et plus silencieux.

— Je sais que tu as des sentiments pour lui, Aurora. Et c'est peut-être une bonne personne.

— Il l'est, j'insiste. C'est un homme bien.

— Ça n'a pas d'importance, dit ma mère. Je suis vraiment désolée. J'aurais peut-être dû t'y préparer plus tôt et c'est ma faute. Tu es une Tate, et bien que ta vie personnelle puisse être ta vie personnelle, cela ne signifie pas que tu peux prendre n'importe quelle sorte d'engagement significatif comme emménager avec quelqu'un, encore moins épouser quelqu'un, sans notre permission.

— Et pourquoi ça ? je murmure, appuyant mes ongles dans mes paumes aussi fort que possible.

— Tu es une Tate. Tu n'es pas seulement une Aurora Penelope. Et tu as certaines responsabilités qui vont avec.

— Tu ne veux pas que je sois heureuse ? je veux dire, combien d'argent devons-nous avoir pour que je ne sois pas forcée de contracter un mariage de complaisance ? demandé-je.

— Je ne te force à rien. Tu me vois te présenter des bacheliers éligibles ? Non, cela n'a rien à voir avec ça. Tout ce que je dis, c'est qu'Henry Asher n'est pas un bon parti pour toi et ton père et moi ne t'encouragerons pas à vivre avec lui.

— Tu sais, vous êtes partis de rien. Je pensais que tu serais un peu plus sympathique envers les gens qui se luttent, dis-je en essayant de retenir les larmes qui s'accumulent au fond de mes yeux.

— Nous sommes sympathiques, mais il ne cherche rien. Il se contente parfaitement d'être juste un enseignant, et son plus grand rêve dans la vie est d'écrire des nouvelles. Comment va-t-il te soutenir ? Ou va-t-il dépendre de nous pour toujours ?

— Est c'est ce qui te préoccupe vraiment ? je demande. Vous avez plus d'argent que quiconque ne pourrait jamais dépenser en dix vies et vous vous inquiétez d'en dépenser un peu pour vous assurer que votre fille ait une vie confortable avec l'homme de ses rêves ?

— Non, ce n'est pas ce qui nous préoccupe. Nous craignons que tu ne respectes pas les règles. Nous avons peur que tu fasses ce que tu veux.

18

HENRY

QUAND AURORA se présente ce soir-là après
avoir déjeuné avec sa mère, je l'ai prise dans mes
bras et lui ai promis que tout irait bien. Je ne
renouvelle pas ma sous-location hebdomadaire et
nous retournons dans mon appartement. Elle
pensait que ce serait horrible de vivre au-dessus
de 120th Street dans un studio sans ascenseur au
quatrième étage, mais notre vie est un bonheur
total durant les deux mois qui suivirent.

Mon travail est juste de l'autre côté de la rue,
donc je n'arrive jamais en retard même quand j'ai
des heures supplémentaires. Maintenant, c'est à
son tour de faire le long trajet vers Columbia et,

au début, je m'inquiète pour elle, je ne sais pas comment elle va gérer ça.

Le trajet avec le changement de bus, le trajet en métro et la marche dure presque une heure, mais après les premiers voyages, elle cesse de se plaindre.

En fait, elle me dit même combien elle aime avoir ce temps pour réfléchir et traiter tout ce qui s'est passé. Elle n'a jamais pris le métro ni le bus, et elle aime regarder les gens.

Franchement, je pensais qu'elle aurait beaucoup plus de mal à s'adapter à la vie telle que je la connais, mais elle me surprend. Elle cesse d'utiliser les cartes de crédit que ses parents paient et obtient même un emploi à la Bibliothèque des sciences humaines pour rapporter de l'argent supplémentaire.

Bien sûr, il y a beaucoup plus de postes mieux rémunérés dans la ville comme un serveur ou une serveuse, mais elle semble heureuse à la bibliothèque, alors je garde mes pensées pour moi. Pour l'instant, je suis juste heureux qu'elle contribue à tout et nous ne comptons pas sur l'argent de ses parents pour joindre les deux bouts.

Les enfants de ma classe se détendent un peu au fur et à mesure que le semestre avance et je commence à apprécier de plus en plus mon travail. Je n'ai ni le temps ni l'espace pour écrire, mais ça me convient aussi. Nous découvrons notre vie et commençons notre vie ensemble.

Et puis, juste après Thanksgiving, avant les deux dernières semaines du semestre, tout s'écroule.

— Comment était le travail ? demande-t-elle en fouillant dans les boîtes près du placard.

Je ne dis rien et je me dirige directement vers le mini-réfrigérateur.

Nous vivons dans un petit studio avec presque aucuns placards.

Certains de ses vêtements sont étendus sur le sol, les autres sont sur le lit et il y en a plus dans les boîtes.

— De quoi j'ai l'air ? demande-t-elle en se retournant dans ses chaussures à talons hauts pour me regarder.

— Magnifique. Où vas-tu ?

— Je n'ai pas vu Ellis depuis longtemps et elle m'a envoyé un texto pour me voir.

Je me penche et enfouis ma tête dans le réfrigérateur, attrapant une bière et cherchant quelque chose de comestible.

— Pourquoi n'avons-nous jamais de nourriture ? je demande.

— Parce que tu ne vas jamais en chercher, réplique-t-elle.

— Oh, c'est comme ça maintenant ? C'est mon travail de faire toutes les courses ?

— Penses-tu que c'est mon travail ? demande-t-elle.

Elle enfile une robe différente, chatoyante et verte avec une taille haute serrée et se regarde dans le miroir pleine longueur qu'elle a apporté de son ancien appartement.

Le miroir est énorme, s'arrêtant jusqu'au plafond. Bien sûr, à son ancien appartement, cela avait bien fonctionné, mais ici, cela donne l'impression que nous vivons dans une boîte d'allumettes.

— Je suis celle qui fait la navette deux heures par jour, tu travailles au coin de la rue. Le moins que tu puisses faire est d'acheter de la nourriture.

— Tu ne te souviens pas de ce dont nous avons parlé ? je demande.

Elle retourne ses cheveux et se tourne vers moi. Elle n'a jamais été aussi belle.

Son visage rougit de colère, formant une petite tache plissée entre ses sourcils. Je peux voir le feu dans ses yeux et c'est tout ce que je peux faire pour m'empêcher de la jeter sur le lit.

— Non, je ne me souviens pas, dit-elle les mains sur les hanches.

— Il n'y a pas de bonnes épiceries près d'ici, dis-je. Aucune de celles qui sont là n'ont des fruits ou des légumes de toute façon. Rappelle-toi, ils ont même fait une histoire NPR sur la façon dont cette région est un désert alimentaire.

Elle roule des yeux.

— Donc, juste parce que je vais à l'école dans un endroit avec une épicerie, cela signifie que je dois trimballer toutes ces choses ici, pendant mon trajet ?

— Je ne vois pas d'autre moyen, dis-je en m'asseyant sur le canapé.

Il n'y a presque pas de place pour un canapé, mais elle avait insisté pour que nous le prenions afin que nous ayons un autre endroit pour nous asseoir à côté du lit.

— Je ne veux pas discuter de ça, dis-je après un moment. Ce n'est pas du tout ce dont je voulais parler.

— De quoi voulais-tu parler ? demande-t-elle.

— Ils m'ont viré, dis-je doucement.

— Quoi ? Qu'est-ce que tu racontes ? je pensais que tu avais un contrat pour cette année.

— Oui, mais ils le rompent. Apparemment, l'école perd de l'argent et réduit le nombre d'enseignants.

— Mais qui va donner tes cours ? demande-t-elle.

— Je ne sais pas. Je suppose qu'ils vont combiner certaines classes et envoyer certains des élèves dans une autre école. Je ne sais pas vraiment ce qui se passe, mais ils licencient environ cinq autres enseignants. Il y a des rumeurs selon lesquelles le propriétaire aurait acheminé de l'argent vers certaines de ses autres entreprises et le procureur de l'État pourrait enquêter sur lui. Mais en attendant, je suis sans emploi.

— Je suis vraiment désolée, dit-elle, marchant et enroulant ses bras autour de moi.

Je la respire. Ses cheveux sentent les fleurs et je veux rester dans ce moment pour toujours. Mais quand j'expire, elle s'éloigne.

— Alors qu'est-ce qui va se passer maintenant ? demande Aurora.

— Je n'en ai aucune idée, dis-je.

Je sais ce qu'elle pense. Qu'arrivera-t-il à cet appartement, qui a été subventionné par mon travail ?

Comment allons-nous nous permettre un autre endroit dans une ville aussi chère ?

Je prends une profonde inspiration et lâche une autre bombe.

— Nous devons être sortis d'ici fin décembre, dis-je doucement.

Elle me regarde avec incrédulité.

— Non, ils ne peuvent pas faire ça, dit-elle en secouant la tête. Nous avons des droits.

Je hausse les épaules et finis ma bière, allant au réfrigérateur pour en prendre une autre.

— Oui. Mais ils veulent que nous sortions d'ici. Je ne sais pas ce qui se passe, mais il semble que l'école ferme.

— Eh bien, non, nous ne *bougeons* pas.

Je me laisse tomber sur le lit et regarde le plafond.

— Bien sûr, nous ne devons pas nécessairement bouger maintenant, juste avant Noël. Nous pouvons probablement rester ici pendant un mois ou deux, peut-être trois, avant qu'ils ne puissent réellement nous expulser. Mais cela ruinera mon crédit et quoi alors ? je doute que je serai en mesure d'obtenir un emploi d'ici là, un bon salaire de toute façon.

Elle regarde l'heure sur son téléphone et finit rapidement d'appliquer son rouge à lèvres et quelques touches finales autour de ses yeux.

— Tu es... magnifique, dis-je sans une pointe d'ironie dans la voix.

— Merci, j'espère que ça suffit.

— Comment ça ? demandé-je.

— Eh bien, je vais voir Ellis et je ne l'ai pas vue depuis que j'ai emménagée ici.

— Tu sais, certaines personnes diraient que des amis sont là pour te soutenir en cas de besoin, je suggère.

— Tu ne comprends tout simplement pas. Nous sommes amies depuis que nous sommes enfants et c'est ce que c'est que d'avoir des amis d'enfance, dit-elle avec un haussement d'épaules.

— Oui, dis-je, je connais le concept d'une amitié à long terme. Mais toi et Ellis ne semblez pas être très proches. Je veux dire, pourquoi voudrais-tu faire tous ces efforts pour l'impressionner au lieu de simplement lui dire ce que tu traverses ?

— D'accord, dit-elle rapidement, en faisant signe au revoir. Je n'ai pas le temps d'entrer dans une autre dispute avec toi. Je dois partir.

Après la fermeture de la porte, je murmure :

— Je t'aime.

19

────

HENRY

Deux mois plus tard, nous recevons le
redouté avis d'expulsion. Nous nous y attendions,
mais cela reste une surprise.

Le travail d'Aurora à la bibliothèque paie cinq
cents de plus que le salaire minimum et elle ne
peut faire que vingt heures par semaine. Même
ces heures l'éloignent de ses études, et je peux
dire qu'elle prend du retard dans l'écriture de sa
thèse.

Elle rentre à la maison épuisée par le trajet et les
cours ainsi que par les heures de travail. Le temps
qu'elle devrait passer à écrire, elle le passe plutôt
à procrastiner, à regarder la télévision ou à faire
défiler son téléphone.

Je veux faire quelque chose pour aider, mais je ne peux pas. Je remplis candidature après candidature après candidature pour chaque poste d'enseignant disponible, ainsi qu'une centaine d'autres postes pour lesquels je ne suis pas particulièrement qualifié, mais personne n'embauche.

Tous les emplois d'enseignement dans la ville sont pris jusqu'à l'automne, à l'exception de certains prestigieux centres de tutorat, qui ne disposent que de quelques heures par semaine et sont situés dans le bas de Manhattan.

Je reçois une offre et je brave le long trajet pour un salaire misérable et j'enseigne des concepts de base à des enfants riches gâtés qui ne se soucient pas de tout ce que j'ai à dire. Quand je rentre chez moi et que j'en parle à Aurora, elle devient défensive.

— Tu sais quoi ? dit-elle un soir. Je suis vraiment fatiguée que tu parles comme ça. C'est comme ça que tu penses que mon enfance a été ? C'est ça que tu penses que j'étais ?

— Non, pas du tout, dis-je même si c'est un mensonge.

Je sais que c'est exactement ce qu'étaient ses parents quand elle était petite et c'est probablement ainsi qu'ils lui ont dit de traiter ses tuteurs également, comme s'ils étaient là pour la servir.

— Je suis juste très fatigué en ce moment, dis-je, essayant d'orienter la conversation vers autre chose. Comment était ta journée ?

— Je ne suis pas allée en classe aujourd'hui, dit-elle.

— Vraiment ? Pourquoi ?

— Je ne sais pas, dit-elle, fixant distraitement son téléphone. Je n'avais pas de travail et je n'avais tout simplement pas envie d'aller jusqu'en bas.

— Les choses vont s'améliorer, dis-je en essayant de rester optimiste.

Elle se tourne vers moi et me lance un regard vide.

— Comment exactement ? je veux dire, qu'est-ce qui va s'améliorer ?

Je n'ai pas de réponse à cela.

— Je pense que nous devons simplement rester positifs et ne pas laisser cela nous séparer.

— Tu veux savoir ce que je pense ? demande-t-elle. J'acquiesce.

— Je pense que nous devons demander de l'aide. Je pense qu'il est temps que j'aille voir mon père et lui demande de payer pour notre appartement.

— Non, absolument pas.

— Pourquoi pas ?

— Parce qu'ils ont clairement fait savoir qu'ils ne voulaient rien avoir à faire avec nous.

— Non. Ils ne voulaient pas que je te voie. Mais cela ne signifie pas qu'ils ne veulent pas avoir de relation avec moi.

— Alors, qu'est-ce que tu dis exactement ?

— Je ne sais pas ce que je dis. Je suis très confuse. Tout ce que je sais, c'est que nous avons besoin d'aide et ils sont les seuls en mesure d'aider. Je veux dire, pourquoi on se fait ça ? Ils m'aiment et ils paniqueraient s'ils connaissaient la situation financière dans laquelle nous vivons. Ils auraient une crise cardiaque s'ils voyaient cet appartement. Il est aussi petit que le placard à chaussures de ma mère !

— Mais qu'en est-il de ce qu'ils ont dit à mon sujet ? je demande doucement.

— Je pense qu'ils vont changer d'avis, insiste Aurora. Je suis absente depuis assez longtemps de leur vie et je pense qu'ils vont être heureux juste d'avoir de vos nouvelles.

Je secoue la tête non.

— Pourquoi faut-il que tu sois si têtu ? Pourquoi ne peux-tu pas simplement leur donner une chance ?

— Ils ne m'ont jamais donné de chance, insisté-je.

Elle descend du canapé et va à la bouilloire. Elle y fait couler de l'eau de l'évier, puis se tient là et regarde l'ébullition.

— Je n'allais pas te dire cela, dit-elle, en versant de l'eau chaude dans sa tasse bleue préférée, mais ma mère me donne de l'argent depuis quatre mois.

— Quoi ? J'ai le souffle coupé.

— J'aurais dû te le dire plus tôt, mais je ne voulais tout simplement pas rendre les choses plus difficiles. Ma mère nous aide avec de l'argent depuis longtemps parce que la vérité est... je ne travaille pas à la bibliothèque.

— Comment as-tu pu me mentir à ce sujet ? je murmure.

— Henry, ils paient le salaire minimum. Je suis en dernière année de programme de doctorat et je ne peux pas passer vingt heures par semaine à travailler pour si peu pour que nous puissions nous permettre cet appartement ridiculement merdique. Je fais déjà la navette deux heures par jour et...

La voix s'éteint.

Je ne dis rien pendant un moment.

— Tu es en colère ? demande-t-elle.

— Non, je ne suis pas en colère. Je pensais que je le serais, mais je suis en fait déçu, j'avoue.

— Tu ne comprends pas que je dois terminer mon doctorat ? J'y travaille depuis des années.

— Oui, je comprends. Mais je comprends aussi qu'après toutes ces années, tu t'es habituée à un certain style de vie, que je ne pourrai jamais me permettre. Cela me rend un peu triste.

— De quoi parles-tu ? demande-t-elle.

— Ce dont je parle, c'est que je ne pense pas que nous allons un jour être sur la même longueur d'onde. Tu ne penseras jamais que je gagne assez d'argent. Et quoi que je fasse, tu ne seras jamais satisfaite.

Elle secoue la tête vigoureusement et promet que ce n'est pas vrai.

Malheureusement, nous savons tous les deux que c'est le cas.

Je ne peux pas rivaliser avec le monde dans lequel elle a grandi. Ce n'est pas comme si ses parents étaient médecins ou avocats. Elle a eu plus dans cette vie que la plupart des gens ne peuvent imaginer.

À quel point étais-je stupide de supposer qu'elle serait prête à tout abandonner pour moi ?

— Ma mère nous a invités à dîner, dit-elle froidement. Je pense qu'ils veulent se donner une autre chance de mieux te connaître. C'est demain soir. S'il te plaît, dis-moi que tu viendras.

AURORA

Nous ARRIVONS à l'appartement de mes parents sur Park Avenue, et leur portier nous fait entrer. Edward y travaille depuis toujours, et je le considère comme un ami plutôt que comme une connaissance ou un employé.

Je pose des questions sur sa femme qui lutte contre le cancer, qui est maintenant en rémission, et sur ses enfants, que mon père a employés à Tate Media. Ils ont tous deux fréquenté des écoles publiques et soumis leur curriculum vitae par le biais du processus d'embauche normal, mais après que ma mère l'ait découvert, elle a rationalisé leur processus d'embauche.

— Alors, ils sont heureux dans leur travail ?
demandé-je.

— Oui. Très heureux. Nous sommes tous les
deux très reconnaissants envers vos parents.

— Bien, je suis contente d'entendre ça, dis-je, lui
faisant un autre bref câlin.

Je ne l'ai pas vu depuis un moment et je viens de
réaliser à quel point il m'a manqué.

— Alors, c'est le fameux Henry Asher ? dit
Edward. C'est un plaisir de vous rencontrer.

— Oui, vous aussi, dit Henry en lui serrant la
main.

— Eh bien, je pense que nous ferions mieux d'y
aller, ils nous attendent, dis-je en les saluant.
Alors que nous montons dans l'ascenseur, je me
demande pourquoi mon père était parfaitement
d'accord pour octroyer des postes aux enfants
d'Edward dans l'entreprise et n'a pas offert la
même courtoisie à Henry.

Je ne connais pas la femme qui ouvre la porte car
ma mère change souvent de domestiques. Très

peu font plus de six mois et certains survivent à peine un mois. Mon père et moi plaisantions du fait que ma mère n'apprécie pas d'avoir des domestiques à la maison, mais en a un parce que c'est quelque chose qu'on attend d'elle.

— Merci à vous deux d'être venus, dit ma mère, en me serrant brièvement dans ses bras et en serrant la main d'Henry.

Elle nous montre le salon, où mon père se tient à côté du bar intégré, préparant un menu des boissons.

Après un bref bonjour, il demande à Henry ce qu'il veut boire et fait deux scotches avec glace. Ma mère et moi optons pour des verres de vin blanc. Quand je trouve un siège à côté de leur cheminée rugissante, je me demande si cela va être assez fort.

J'entre dans ce dîner sans savoir exactement à quoi m'attendre. Ils ont déjà exprimé des inquiétudes concernant Henry et notre relation, mais au cours de ces derniers mois, ma mère a adouci son approche.

J'ai eu l'impression qu'elle regrettait d'avoir dit ce qu'elle avait dit la dernière fois que nous étions en train de déjeuner ensemble. Je ne l'ai pas revue, mais nous avons échangé des textos et parfois parlé au téléphone et même une conversation vidéo une fois.

Les quelques fois où je lui ai demandé de m'envoyer de l'argent, elle a été plus que généreuse. J'ai regretté d'avoir menti à Henry au sujet de mon travail à la bibliothèque, mais après l'entrevue, ils m'ont proposé le poste et m'ont parlé du salaire et je n'ai pas pu l'accepter.

Vingt heures par semaine pour un travail rémunéré au salaire minimum n'était tout simplement pas quelque chose que je pouvais me permettre de faire au cours de ma dernière année. Je savais qu'il ne comprendrait pas et c'est pourquoi je le lui ai caché aussi longtemps que je l'ai fait.

Ma mère, cependant, comprenait très bien. Même si elle n'est pas entièrement à bord avec mon doctorat, elle est très à cheval sur le fait de terminer les projets que vous commencez. Et comme j'étais déjà inscrite, elle ne voulait pas que je reporte la remise des diplômes juste pour pouvoir travailler des heures que je ne pouvais pas me permettre d'obtenir le loyer de 800 $ dont nous avions besoin.

Quand je lui ai parlé au téléphone, je n'ai demandé que le loyer de ce mois. Quand j'ai raccroché, j'ai vu un texto qu'elle avait déposé 10 000 $ sur mon compte bancaire. Je l'ai remerciée poliment et j'ai envisagé d'en retourner une partie, mais j'ai décidé de ne pas le faire.

Je pourrais en avoir besoin à l'avenir et je ne voulais pas avoir à demander à nouveau. En attendant, je me suis promis de dépenser l'argent judicieusement et de ne rien acheter d'extravagant dont nous n'avions pas besoin.

Au cours du dîner, nous nous concentrons principalement sur des sujets généraux de conversation. Nous parlons de mon petit frère qui entre en cinquième et qui est actuellement à son cours d'escrime. Il est très impliqué dans le théâtre musical, que ma mère aime et que mon père déteste, alors je lui ai posé des questions à ce sujet avec environ un million d'autres choses qui n'ont rien à voir avec Tate Media, mon programme de doctorat ou le travail d'Henry. Le dîner se passe assez bien et je pense que ça va être un succès.

Mais alors que le dessert est servi, mon père interroge Henry sur son travail.

— Eh bien, comme vous le savez probablement, l'école ferme ses portes et ils ont licencié presque tous les enseignants.

— Non, je n'ai pas entendu cette partie, dit mon père, en inclinant la tête avec inquiétude.

— Oui, le procureur de l'État enquête actuellement sur l'ensemble du conseil d'administration. C'est une situation malheureuse et beaucoup d'enfants souffrent vraiment, dit Henry.

— Et les enseignants aussi, j'en suis sûr, dit mon père.

— Oui, les enseignants aussi, reconnaît Henry.

Je me demande si Henry pense que mon père est froid et distant. Il ne le connaît pas, mais il agit en fait avec autant de compassion que jamais. J'espère qu'il ne lui fait pas regretter cela.

— Henry est à la recherche d'un nouvel emploi , ai-je coupé, mais comme vous pouvez l'imaginer, il n'y a pas beaucoup de postes d'enseignants libre au milieu de l'hiver.

— Non, je n'imagine pas, dit papa.

— Je travaille à temps partiel en tant que tuteur pour quelques enfants dans le bas Manhattan, dit Henry plutôt sur la défensive.

— Et, êtes-vous intéressé par d'autres opportunités ? demande ma mère.

— Oui bien sûr. J'ai envoyé mon CV à un certain nombre de postes liés à la recherche et à la rédaction, mais je n'ai encore rien entendu.

— Eh bien, c'est l'une des raisons pour lesquelles je voulais vous parler aujourd'hui, dit mon père. Nous commençons actuellement une nouvelle division à Tate Media qui va se concentrer sur le crime. Nous aurons une division télévision, et la division des magazines en ligne ainsi que les podcasts et même la programmation sur divers réseaux de réseaux sociaux. Nous faisons un grand recrutement et j'aimerais que vous envoyiez votre CV à nos RH pour examen.

— Oh, wow. dit lentement Henry, complètement surpris. Oui bien sûr. Ce serait tout simplement merveilleux.

— Bien, dit papa, hochant la tête et me faisant un clin d'œil. Je suis content de l'entendre. Envoyez-moi un curriculum vitae demain et je le transmettrai à mon équipe. Je ne peux pas faire de promesses, bien sûr.

— Non, je comprends parfaitement. J'apprécie l'opportunité.

Sur la banquette arrière du taxi, Henry est sur un nuage. Souriant d'une oreille à l'autre, il rentre à la maison, ouvre immédiatement son ordinateur portable et commence à travailler sur sa lettre de motivation.

— Tu vas le faire maintenant ? demandé-je.

— Oui bien sûr. Ton père veut le voir demain, donc je veux qu'il apparaisse dans sa boîte de réception en premier.

— Tu sais, tu peux prendre votre temps, dis-je.

— Non, en fait je ne peux pas. C'est la première fois que ton père s'intéresse à moi mais pas seulement ça, il m'a fait une offre. Je ne prends pas cela à la légère.

Henry travaille tard dans la nuit. Il doit avoir réécrit cette lettre une centaine de fois avant de finalement l'envoyer. Je demande à la voir, mais il refuse de me la montrer. Par la suite, il arpente l'appartement, craquant les articulations. Je ne me souviens pas qu'il ait été aussi nerveux avant.

— Je ne savais pas que tu étais si intéressé par ce travail, dis-je quand il se glisse dans le lit, complètement épuisé.

— En fait, je le suis. Je pensais à tous les articles que je pouvais écrire et c'est une opportunité incroyable. Il met en place un nouveau réseau et les réseaux ont besoin d'écrivains. Si je peux seulement obtenir ce travail...

— Qu'as-tu pensé du dîner ? je demande.

— Je pense que ça s'est très bien passé, n'est-ce pas ?

— Oui. Chose étonnante, j'ajouté-je.

Il rit.

— Peut-être qu'ils changent d'avis ? Qu'ils acceptent juste l'inévitable ?

— C'est quoi, ça exactement ? je demande.

— Que je t'aime et que tu m'aimes et nous allons être ensemble pour toujours.

Je souris et fais courir mes doigts de haut en bas sur sa poitrine. Il le contracte, levant ma main et me faisant rire.

— Je t'aime beaucoup. dis-je.

— Je t'aime aussi.

— Je déteste me disputer avec toi, dis-je.

— Moi aussi, dit-il en se penchant et en me donnant un baiser baveux.

— Ne nous battons plus, je lui murmure à l'oreille.

— Je ne le ferai pas si tu ne le fais pas, dit-il, appuyant doucement ses lèvres contre mon cou et se rapprochant de plus en plus de ma clavicule.

D'un mouvement rapide, il me pousse sur le lit et je me perds dans son corps.

21

AURORA

MA MÈRE m'appelle le lendemain matin.

Au début, je ne veux pas vraiment répondre, mais je pense que cela pourrait avoir quelque chose à voir avec le curriculum vitae d'Henry, alors je le fais.

— Heureuse d'avoir pu te contacter, dit-elle d'une voix particulièrement joyeuse. Comment se passe ta journée ?

— Très bien, marmonné-je.

— Tes cours ?

— En fait, je n'ai pas de cours aujourd'hui. Je vais me concentrer sur la rédaction de ma thèse.

— Bien, bien, dit-elle.

Je peux entendre qu'elle est distraite, ou peut-être qu'elle attend juste la bonne occasion d'évoquer tout ce qu'elle pense.

— Que se passe-t-il, maman ?

— Eh bien, puisque tu demandes, dit-elle lentement. J'appelle à propos d'un problème particulier.

— D'accord... est-ce que cela a quelque chose à voir avec Henry ?

— Oh, en quelque sorte, je suppose. Eh bien, non, pas vraiment.

Je ne dis rien.

— D'accord, dis-moi ? je suis tout ouïe, dis-je.

— Eh bien, je dois te demander une faveur.

J'attends qu'elle s'explique.

— J'aimerais que tu accompagnes l'un des amis de ton père au gala du théâtre Callum ce week-end.

— Quoi ? Pourquoi ?

— Eh bien, j'utilise ce terme *ami* librement, comme tu sais. Ton père le connaît et il est une connaissance et un associé, mais il est trop jeune pour être un ami proche. Il est plus proche de ton âge en fait.

— D'accord, dis-je lentement, mais qu'est-ce que cela a à voir avec moi ? Pourquoi ne peut-il pas avoir son propre rendez-vous ?

Ma mère exhale avec exaspération.

— Je ne sais pas pourquoi tu dois être si difficile. Franklin Parks va reprendre la nouvelle division de la criminalité de Tate Media, celle à laquelle Henry a soumis son curriculum vitae, si tu te souviens ? Quoi qu'il en soit, pour ne pas être aussi directe, Franklin prendra toutes les décisions finales concernant les nouvelles embauches.

— C'est pour ça que tu veux que je sois son rendez-vous ?

— Non pas du tout. Le fait est que nous pensons que tu devrais commencer à jouer un rôle plus actif dans la représentation de Tate Media lors de fonctions publiques. Je sais que tu n'es pas intéressée par travailler dans l'entreprise à ce stade, mais ton père et moi ne pouvons pas assister à ce gala et notre présence y est grandement nécessaire. Nous soutenons ce théâtre depuis de nombreuses années et ils y font beaucoup de bon travail. Quoi qu'il en soit, Franklin y va et nous aimerions également que tu le connaisses un peu mieux, afin que tu puisses nous donner ton avis sur le type de personne qui sera en charge de cette nouvelle direction dans l'entreprise.

Je déglutis difficilement. Je veux dire non, mais elle m'a coincée entre un rocher et un endroit dur.

— D'accord... dis-je lentement. C'est quand ?

Je vais à ce gala en partie pour ma mère et en partie pour Henry. Le gars qui est censé être mon rendez-vous sera celui qui va recevoir et, espérons-le, embaucher Henry. Ce n'est certainement pas un rendez-vous galant, mais nous sommes assis côte à côte à la même table.

Je suis nerveuse de dire à Henry où je vais, pensant qu'il voudra certainement venir avec moi, mais il a en fait des plans avec certains de ses amis enseignants. Je ne mentionne pas le fait que je vais rencontrer son éventuel futur patron. Je lui dis seulement que c'est une faveur pour mes parents.

Lors du gala, les invités portent des robes à dix mille dollars avec des chaussures et des sacs assortis. Heureusement, je ne me démarque pas mal parce que ma mère avait envoyé par courrier une de mes vieilles robes de chez moi.

Après avoir pris un verre, je trouve ma table assignée et m'assois. Après quelques minutes d'échange de banalités avec le reste de la table ronde, je vois un homme marcher légèrement de façon irrégulière et parler un peu trop fort.

Je ne sais pas combien de verres il a bu, mais il est clairement enivré.

S'il te plait, ne sois pas lui, me dis-je encore et encore jusqu'à ce qu'il prenne place juste à côté de moi.

— Eh bien le bonjour, dit-il en me tendant la main. Je prends sa main à contrecœur et il la porte rapidement à ses lèvres et me fait un gros bisou.

— Tu dois être l'insaisissable Aurora Penelope Tate !

— Je suis ravie de te rencontrer, dis-je, Franklin Parks, je présume ?

— Ta présomption est correcte à 100%.

Il énonce chaque mot de la même façon que font les gens ivres lorsqu'ils essaient de paraître sobres. Un serveur en smoking blanc arrive et demande s'il peut nous apporter un autre verre.

— Non, merci, dis-je rapidement. Je n'ai pas fini le mien.

Franklin fait signe au serveur de lui verser un autre verre.

— Bien, bien, bien, dit-il, en s'asseyant sur son fauteuil et en posant ses mains autour de sa tête. C'est un plaisir de vous rencontrer. Votre père m'a beaucoup parlé de vous.

— J'aimerais pouvoir dire la même chose de toi, dis-je et il éclate de rire.

— Bien, j'ai beaucoup entendu parler de ton sens de l'humour et du fait qu'il ne fait pas de prisonniers.

— Eh bien, je dis que tu dois considérer la source. Les hommes qui te l'ont dit ne sont probablement pas habitués à traiter avec des femmes fortes.

Je prends une gorgée de mon verre et regarde autour de moi pour trouver quelqu'un d'autre à qui parler. N'importe qui d'autre.

Ce n'est pas que Franklin n'est pas facile à regarder, c'est juste qu'il me fait une mauvaise impression. Il est arrogant et égocentrique, très égocentrique.

Quelques personnes sont venues vers moi pour parler de ceci et cela, mais dès que Franklin intervient, ils partent aussi vite qu'ils sont venus.

Après que le dîner soit servi et que je sois un peu ivre et complètement ennuyée par la conversation sur les acquisitions de stations de golf et de médias, je me tourne vers Franklin et lui demande :

— Alors, pourquoi suis-je ici exactement? Tu ne sembles pas être le type qui ne peut pas avoir son propre rendez-vous.

— Tu as raison, je suppose que ma réputation me précède.

Je rejette la tête en arrière et ris.

Ñ Qui y'a-t-il de si drôle ? Disons simplement que je n'ai rien entendu à ton sujet jusqu'à il y a quelques jours quand ma mère m'a demandé de venir ici, mais j'ai compris exactement qui tu étais lorsque tu t'es présenté.

Il se penche un peu plus près de moi puis lève le doigt, le pointant en direction de mon visage et se met à rire.

— Ha, ha, dit-il, tu penses savoir tout sur moi, n'est-ce pas ?

Je hausse les épaules et ajuste ma robe bustier.

— Eh bien, tu ne sais pas la première chose.

— Donc, tu n'es pas sorti avec toutes les célibataires de la ville ? je lui lance un défi.

— Eh bien, je ne dirais pas ça…

— As-tu déjà été dans une relation sérieuse ? je demande.

— Allons, pourquoi les femmes demandent-elles cela ? C'est comme une sorte de test décisif avec vous toutes. Souhaites-tu être la première femme à me jeter le grapin dessus, pour ainsi dire ?

— Non, absolument pas, je souris.

Il soupire de manière démonstrative et se glisse sur sa chaise.

— C'est ce que je commence à comprendre, dit-il en secouant la tête. Et pourquoi cela exactement ?

— Eh bien, tu as quoi trente-sept ans ? je demande, étant extrêmement généreuse.

— J'ai quarante ans, dit-il.

J'en doute, mais je ne le mets pas au défi.

— Voici la chose, nous nous attendons à ce qu'un homme qui a atteint l'âge mûr de quarante ans, n'est-ce pas ? Nous espérons qu'il ait de l'expérience dans au moins une relation sérieuse, monogame et de préférence assez longue. Sinon, nous devenons un peu méfiantes.

— Pourquoi ? Pourquoi vous méfiez-vous ?

— Eh bien, pour te dire la vérité, dis-je en mettant mon coude sur le bout de mon genou et en me rapprochant le plus possible de lui, sans vraiment le toucher. C'est comme une garantie. Cela signifie que tu es fiable. Qu'on lui faire avoir confiance. Si une autre femme t'a fait confiance et que les choses n'ont tout simplement pas fonctionnées, eh bien, cela se produit. Mais, si tu n'as jamais été marié auparavant, ou, Dieu nous en préserve, dans une relation sérieuse, eh bien, les drapeaux rouges se déclenchent partout.

— Mais que se passe-t-il s'il n'y a rien de menaçant à ce sujet ? demande-t-il. Et si cela signifie simplement que je n'ai pas trouvé la bonne femme ?

Un sourire commence à se former au coin de mes lèvres et se transforme rapidement en un sourire puis en un rire plein.

— Quoi ? demande-t-il innocemment. Qui y'a-t-il de si drôle ?

— Il manque quelque chose. Tu sors avec des femmes depuis que tu as quoi, quinze ans ? Et tu n'as pas pu trouver une seule femme qui pourrait te supporter ? Ou pire encore, tu n'as pas pu trouver une seule femme que tu pourrais supporter ? Non, non, non... Danger droit devant, dis-je en secouant la tête.

— Alors, parle-moi de toi, alors.

— Il n'y a rien à dire, dis-je avec un haussement d'épaules. Je suis sortie avec quelques gars et j'ai finalement trouvé quelqu'un qui m'intéresse vraiment.

— Oh vraiment ? Comment est-il ?

Soudain, ma gorge se serre. Je lui dis la vérité ? Dois-je lui dire qu'il est le gars qu'il va interviewer demain matin ? Ou est-ce que je laisse simplement glisser cette petite information ?

— Quel est le problème ? demande Franklin. Tu as donné ta langue au chat ?

— Je l'ai rencontré dans les Hamptons, dis-je. Nous avons passé un été fantastique ensemble et maintenant nous vivons ensemble.

— Et qu'est-ce qu'il fait ?

— Il est en quelque sorte entre deux jobs en ce moment, dis-je aussi désinvolte que possible. C'est un écrivain très talentueux, mais il travaille comme enseignant depuis quelques années.

Il ne me demande plus rien et je ne fais pas de bénévolat. Demain matin, il fera probablement le lien entre l'enseignant et l'écrivain, mais je ne veux pas l'influencer d'une manière ou d'une autre sur la position d'Henry.

La vérité est que je ne suis pas vraiment sûre d'avoir une influence.

Oui, je suis la fille de son employeur, mais mon père n'a jamais dit clairement à Franklin qu'il devait absolument embaucher Henry. Il faudrait que nous soyons mariés depuis au moins une décennie pour que cela se produise.

Je m'excuse et me dirige vers la salle de bain, en colère que les talons que j'ai choisis pour l'occasion m'aient donné des cloques sur le dos de mes talons.

Je ne sais pas comment certaines femmes peuvent supporter de porter des talons chaque jour, mais je les déteste vraiment. Je pense qu'ils ont été inventés par un homme terrible qui déteste les femmes et veut les faire souffrir. Mais en vérité, ce sont les femmes qui se soumettent à cette punition juste pour avoir l'air grandes et sexy.

Je me regarde dans le grand miroir penché au centre de l'énorme salle de bain. Ce n'est plus la période des fêtes, mais le miroir est toujours décoré de guirlandes de style d'hiver célébrant la saison.

Je ne veux pas l'admettre, mais les talons me rendent magnifique. Je ne suis pas très grande, seulement 1m63, mais avec ces talons, mes jambes sont longues et ressemblent à des flamants roses. Ils accentuent mes hanches et minimisent ma taille et même, en quelque sorte, soutiennent mes seins. Si seulement Henry pouvait me voir comme ça, je me dis dans ma tête, regrettant immédiatement que ce ne soit pas lui qui soit mon rendez-vous ce soir.

Je déteste lui mentir. Je ne veux pas, et ça me fait toujours me sentir comme une merde totale, et pourtant je me retrouve à le faire de plus en plus. Je lui ai menti sur le fait de travailler à la bibliothèque. Je lui ai menti sur le fait de prendre de l'argent à ma mère. Et maintenant je lui mens au sujet d'assister à ce gala.

La vérité est que ce sont toutes des choses que je pourrais lui expliquer, mais ce ne sont pas des choses qu'il comprendrait.

Une partie de lui sait que la seule raison pour laquelle il a un entretien avec Franklin Parks demain à propos du poste d'écrivain de recherche chez Tate Media est que mon père est propriétaire de l'entreprise.

Il le sait, mais s'il savait qu'en échange de cette faveur, je suis en rendez-vous avec Franklin lui-même, en faveur de ma mère, de la fumée sortirait de ses oreilles.

Et je ne veux pas qu'il se sente comme s'il n'était pas assez bon.

Il l'est.

Le problème est que le jeu est truqué. Mon père et ma mère ont pris beaucoup de raccourcis lorsque des opportunités se sont présentées à eux, et c'est pourquoi ils sont là où ils sont.

C'est comme ça que le monde fonctionne. Vous devez prendre avantage de ce qui vous est présenté, car c'est une bataille difficile, quoi qu'il arrive.

Mais pour une raison quelconque, Henry ne comprend pas cela. Il pense qu'il existe un moyen noble d'obtenir ce qu'il veut. Je ne dis pas que vous devez mentir, tricher, être une personne terrible et que la seule façon de réussir est d'être un être humain vil, parce que ce n'est pas vrai. Mais vous devez saisir chaque opportunité.

Cette rencontre avec Franklin Parks n'est pas un rendez-vous, même si cela semble être le cas. C'est une rencontre et un salut.

C'est une opportunité pour moi de parler à quelques personnes avec qui mes parents sont amis et de me montrer ici comme le visage de Tate Media. Étant donné que Franklin dirigera une nouvelle division importante au sein de l'entreprise, ma mère veut que je vienne mieux le connaître, dans un environnement plus décontracté.

Que vais-je signaler ? Rien de particulièrement encourageant. Je ne sais pas comment il est en tant qu'employé et patron, mais jusqu'à présent, il n'a pas fait la meilleure première impression.

Mais c'est bon à savoir. C'est bon d'être informée.

Je dis toutes ces choses parce que j'essaie de penser à une explication possible de ce que je fais ici, quelque chose que je devrai expliquer à Henry plus tard ce soir.

Je suis fatiguée de lui mentir, mais cela ne signifie pas que je suis prête à lui permettre d'obtenir moins que ce qu'il mérite juste à cause de sa fierté. Henry est un très bon écrivain et comme c'est ce qu'il veut faire de sa vie, je ferai tout ce qui est en mon pouvoir pour l'aider à atteindre ses objectifs.

— Eh bien le bonjour, Franklin s'approche de moi à la table des desserts.

Nous sommes à l'arrière d'une salle de banquet, et ce n'est pas le lieu de rassemblement habituel. Il fait sombre, l'atmosphère est calme ici et il y a beaucoup de belles pâtisseries et gâteaux à regarder, c'est donc là que je m'étais échappée après être allée aux toilettes.

— Je pensais que peut-être je te trouverais ici, dit-il en me faisant un clin d'œil. Il s'appuie contre le mur mais seulement légèrement et me regarde de haut en bas de la même façon que les hommes quand ils vous jugent.

C'était sexy quand Henry le faisait, mais avec Franklin, c'est effrayant. Je m'éloigne de lui.

— Non, chérie, n'aie pas peur, je ne voulais pas t'effrayer.

— Je ne suis pas effrayée, je mens, essayant de paraître forte.

— Alors, qu'est-ce que tu fais ici, tu te caches dans l'ombre ?

— Je suppose que tu as répondu à ta propre question, dis-je en croisant les bras.

— Tu sais, tu n'es pas très gentille, quelqu'un t'a déjà dit ça ?

Je le regarde mais ne dis rien.

Je déteste la façon dont il s'attend à ce que je sois gentille simplement parce qu'il prête attention à moi.

J'étais assez polie, mais quand il me presse, je n'ai pas besoin d'être polie.

Pourtant, je ne dis rien.

— Alors, comment se passe ta soirée pour l'instant ? demande Franklin en se rapprochant de moi.

Je recule d'un pas, puis frappe le mur avec mon dos.

— Très bien, je suppose.

— Tu sais, tu n'as jamais répondu à ma question.

— Qui était ?

— Comment se fait-il que tu sois ici avec moi au lieu d'un vrai rendez-vous ? demandé-je.

— Eh bien, tes parents m'ont demandé de leur rendre service.

De quoi parle-t-il ?

Il fait un pas de plus vers moi. Je peux sentir son souffle sur moi et ça me donne envie de me tortiller.

— Pardon ? demandé-je en glissant le long du mur pour essayer de m'éloigner de lui.

Il attrape mon bras et me rapproche de lui. Puis il presse ses lèvres contre les miennes, durement.

— Qu'est-ce que tu fais ? demandé-je en le repoussant loin de moi. Je t'ai dit que je n'étais pas intéressée.

— Oh, tu étais sérieuse ?

— Oui, bien sûr, j'étais sérieuse.

— Ha, dit-il avec incrédulité. Je pensais que tu plaisantais.

Je secoue la tête, ne croyant pas ce qui se passe réellement.

— Je t'ai parlé de mon petit-ami, dis-je.

— Oh, les petits amis vont et viennent, tu sais comment c'est.

— Non, je ne le sais pas. J'ai un petit ami sérieux et je n'ai aucune intention qu'il se passe quoi que ce soit avec toi.

— Tu sais, tu serais beaucoup plus amusante si tu n'étais pas une telle garce. , dit-il, pointant son doigt sur mon visage.

Il fait un pas de côté et trébuche.

— Et ça serait beaucoup plus amusant si tu n'étais pas aussi ivre, dis-je en m'éloignant de lui.

Je suis soulagée par le fait que je ne lui ai jamais dit qui était vraiment mon petit-ami, et j'espère qu'il ne se souviendra d'aucun détail lorsqu'il interviewera Henry demain matin.

Je sors du gala complètement dégoûtée.

Je suis en colère contre ma mère de m'avoir demandé d'aller à ce gala. Je suis encore plus en colère contre elle d'avoir organisé tout ça.

Pourquoi pensait-elle qu'il serait un si bon rendez-vous ? Pourquoi un homme comme ça a-t-il même un emploi chez Tate Media ?

N'ont-ils pas fait attention ? Le monde change.

Des hommes comme ça descendent pour faire exactement ce qu'il m'a fait ; il m'a fait me sentir mal à l'aise et humilié en même temps.

Et je ne suis même pas quelqu'un qui travaille pour lui. L'engager et lui donner un poste de pouvoir, c'est demander un procès. Ne le savent-ils pas ?

Assise à l'arrière du taxi sur le chemin de mon appartement, je me demande si mes parents ne voient pas la marée monter. Ils sont tellement ancrés dans le rythme de la vie quotidienne dans l'entreprise qu'ils ne voient pas la situation dans son ensemble. Des hommes comme lui ne doivent pas seulement ne pas être mis en charge de nouveaux départements, ils doivent être licenciés de leur travail.

Je prends mon téléphone et compose le numéro de ma mère. Elle décroche.

— Comment ça se passe ? demande-t-elle d'un ton optimiste.

— Pas très bien, dis-je. Je lui dis ce qui s'est passé et à quel point Franklin a été grossier avec moi. Elle écoute attentivement et j'ai l'impression que je la touche, mais à la fin elle lance une balle courbe.

— C'est comme ça que sont les hommes comme lui, Aurora. Tu ne le sais pas maintenant ?

— Bien sûr que si. Mais cela ne signifie pas qu'ils doivent travailler chez Tate Media.

— Eh bien, c'est une situation beaucoup plus compliquée que tu ne le penses.

— De quoi parles-tu ? demandé-je. Qu'est-ce qui est si compliqué ? Il s'est jeté sur moi et m'a même embrassé sans mon consentement et ce n'est pas suffisant pour que vous vous débarrassiez de lui ? Tu veux qu'il soit un autre Harvey Weinstein ou Matt Lauer ? Qu'est-ce qu'il faut qu'il fasse avant que vous estimiez qu'il est raisonnable de se débarrasser de lui ?

— Aurora, je t'en prie, ne dramatise pas les choses. Il t'a demandé de sortir, tu flirtais probablement avec lui, je suis sûre que tu étais belle. Prends ça comme un compliment.

Je secoue la tête, à la fois choquée et complètement surprise par les mots qui sortent de sa bouche. Ce n'est pas qu'elle ne croit pas ce que je viens de dire, c'est plus qu'elle pense que c'est normal.

— La chose que tu dois juste comprendre, Aurora, c'est que les garçons resterons des garçons. C'est ainsi depuis des siècles, sinon depuis le début des temps, et ça ne changera pas de sitôt.

— Ce ne serait pas le cas si les femmes étaient en position de pouvoir et les femmes partout dans le monde disent que c'est inacceptable.

— Eh bien, dit-elle, cela ne se produira pas de sitôt, n'est-ce pas ?

Je secoue la tête et regarde le téléphone.

— Tu sais que vous avez la possibilité de changer cela. Il est venu vers moi et quand je l'ai repoussé, il est revenu vers moi. Je suis ta fille. Il travaille pour vous, mes parents. Quoi de plus simple que ça ?

— Aurora, ce que tu ne sais pas sur notre entreprise pourrait remplir des pages et des pages, explique maman. C'est très compliqué et, non, nous ne pouvons pas simplement le renvoyer pour quelque chose comme ça. Et si tu es intelligente, tu n'en parleras pas non plus à Henry.

Je mords ma langue. Je veux lui dire, bien sûr que oui, mais si Franklin est toujours son patron demain matin, je ne pense pas pouvoir.

— Je dois y aller, dis-je en raccrochant.

Prenant une profonde inspiration, je regarde par la fenêtre en essayant de décider quoi faire.

22

———

HENRY

ELLE RENTRE TARD le soir d'une humeur étrange. Je peux dire qu'il y a quelque chose qui la préoccupe, mais au lieu d'en parler, elle enroule ses bras autour de moi et m'embrasse aussi fort qu'elle le peut.

Une fois que mes lèvres ont dérivées le long de son cou et plus bas sur son corps, nous ne parlons plus. Au lieu de cela, je l'emmène dans la chambre et lui montre ce que je ressens pour elle. Cela a pris du temps, mais elle se détend finalement suffisamment pour atteindre réellement le point où elle se laisse aller.

Quand nous nous sommes rencontrés pour la première fois, je ne pensais pas que je serais en mesure de la faire atteindre cet état, mais tant qu'elle était d'accord pour que j'essaye, j'ai continué. Cela ne semble pas très romantique, car dans les histoires romantiques, des choses comme ça sont censées se produire spontanément. Mais ce n'est pas la vraie vie.

Notre attirance pour mutuelle est innée et vient d'un endroit plus profond. Mais quelque chose comme ça, la sortir de sa tête, exigeait du travail, un travail que je suis tout à fait disposé à faire.

Ce soir, nos corps ne font qu'un. Elle me laisse entrer dans la partie la plus intime de son être et j'apprécie l'invitation. Encore une fois, je lui attache les mains et elle me laisse encore lui bander les yeux.

Cette fois, cependant, je m'assure que la porte d'entrée est complètement verrouillée afin que nous n'ayons aucune interruption. J'écarte soigneusement ses jambes de chaque côté, prenant mon temps pour embrasser l'intérieur de ses cuisses. Elle a un goût de paradis.

Si cela ne tenait qu'à moi, je vivrais dans cet endroit entre ses jambes. Mais alors que mes doigts s'accélèrent, son corps se tend et je la sens se rapprocher. Cette fois, cependant, malgré mon envie me plonger en elle, je ne le fais pas.

La patience est une vertu pour une raison.

L'anticipation prend du temps à se développer, mais cela en vaut la peine au final. C'est encore le matin de Noël et je regarde les cadeaux s'empiler sous l'arbre pendant deux semaines d'affilée. Je les ai touchés et secoués, essayant de comprendre ce qu'il y a à l'intérieur et enfin il est temps pour moi de déchirer ce beau papier d'emballage et de le déchirer le plus rapidement possible.

Dès qu'elle atteint son apogée et crie mon nom au sommet de ses poumons, je me pousse en elle. Elle gémit encore et encore mais je garde mes mouvements lents et délibéré pour la ramener à cet état. Je ne sais pas si cela fonctionnera, mais je fais de mon mieux. Je sens son corps se détendre à nouveau. Je sais que c'est la première étape.

J'ai appris à apprécier et à aimer son corps, non seulement pour sa beauté mais pour tout ce qu'il peut faire. J'appuie mes mains sur ses seins et pince ses mamelons entre mes doigts. Elle cambre son dos et lève son menton en l'air.

Un autre souffle et elle presse son dos contre les draps.

— Jouie pour moi. , je murmure à travers mes gémissements. Jouie avec moi.

Le bandeau sur le visage, elle lève la tête du pilier comme si elle ouvrait les yeux et me faisait un clin d'œil. Je peux sentir ce qu'elle ressent. Son corps se contracte à nouveau, créant de la chaleur.

Mes mouvements deviennent encore plus forts et plus délibérés. A chaque poussée, je vais de plus en plus profondément en elle, et elle m'attire de plus en plus en elle-même. Et puis, lorsque ma fréquence cardiaque s'accélère, le mouvement de ses hanches s'accélère. Nous nous chevauchons l'un l'autre jusqu'à ce que je sente enfin la gravité s'éloigner de moi.

— Aurora ! je crie.

— Henry ! crie-t-elle en retour.

Nous sommes restés debout trop tard la veille, et je le ressens ce matin. Quand le réveil sonne, ma tête palpite.

Je ne me suis pas levé si tôt depuis que mon poste de professeur, mais c'est une réunion que je ne peux pas manquer. Aurora est toujours au lit quand je pars à huit heures précises.

Heureusement, j'avais repassé et préparé ma tenue la veille, j'avais même repassé ma cravate. Le costume m'avait coûté une fortune, mais il n'est pas très beau.

Mon seul espoir est qu'il ne semble pas bon marché. Je sais que je ne postule pas pour un poste dans une banque d'investissement ou pour un emploi orienté client qui m'oblige à ressembler à un million de dollars.

C'est un travail d'écriture et les écrivains devraient avoir un certain sens de la réalité en eux, non ? Un peu comme un homme du peuple ?

Marcher dans le hall carrelé de marbre et prendre l'ascenseur jusqu'au 16ème étage d'un bureau en verre qui surplombe Manhattan, je n'en suis pas si sûr.

Après une brève attente, un homme du nom de Franklin Parks m'invite dans son bureau. Il est grand et large aux épaules avec de beaux traits mais a une aura qui me fait me met mal à l'aise

Ses yeux sont injectés de sang avec des cernes, ce qui indique qu'il est resté debout toute la nuit à travailler ou à faire la fête. Je ne sais pas trop lequel.

Il regarde mon CV comme si c'était la première fois qu'il le voyait.

— Donc, il semble que vous ayez passé pas mal de temps à enseigner, dit-il. Comment c'était ?

— C'était très gratifiant, dis-je. Ceci est mon explication standard.

— Et pourquoi vous postulez à un emploi ici ?

— Eh bien, pour être honnête, l'enseignement n'a jamais été une grande passion pour moi. Je veux dire, j'aime passer du temps avec les enfants, mais j'ai toujours voulu être écrivain. L'enseignement était justement le travail que j'ai obtenu juste après l'université et quelque chose que je viens de faire.

— Alors, qu'est-ce qui est différent maintenant ? demande-t-il.

— Eh bien, j'ai entendu parler de la création de cette nouvelle division et j'ai vu qu'il y avait beaucoup de postes de rédacteur de recherche, pour lesquels je pense que je serai parfait.

— Avez-vous déjà fait quelque chose comme ça avant ?

— Non, je ne l'ai pas fait, mais j'ai beaucoup d'expérience dans la rédaction d'articles de recherche et dans la conduite de recherches au collège. J'ai fait ma thèse le...

— Quelle sorte d'écriture avez-vous publié ? me demande Monsieur Parks, semblant complètement indifférent à mon expérience de recherche exagérée.

— J'y ai joint quelques histoires courtes. L'une d'elles a été publié par le New Yorker.

— Wow, The New Yorker. N'est-ce pas comme le Saint Graal pour un écrivain de nouvelles ?

— Oui, vraiment.

— Compte tenu de toute votre expérience, vous pensez que vous serez satisfait *simplement* avec l'écriture de vrai crime ?

— Oui, bien sûr, dis-je en hochant la tête. Ce sont des histoires importantes à raconter, en particulier celles non résolues. Le public s'intéresse aussi beaucoup à ça, donc je le vois comme gagnant-gagnant.

Franklin parcourt à nouveau mon curriculum vitae, puis se lève de derrière la table et se dirige vers l'élégant buffet en bois avec des découpes en verre. Des bouteilles d'alcool en verre envahissent l'étagère du haut et il se verse un verre de vodka.

— Voulez-vous quelque chose ? demande-t-il.

Je ne veux pas lui rappeler qu'il n'est même pas dix heures du matin, mais je refuse poliment.

— Ça va, dit-il avec un haussement d'épaules. Mais vous vous joindriez à moi si vous aviez eu le genre de nuit que j'ai eu hier soir.

— Ah, bon ? demandé-je. Est-ce que j'ose demander ?

— Eh bien, je suis sorti avec cette fille.

— Ça s'est bien passé ?

— Pas exactement. , dit-il, jetant sa tête en arrière et riant. J'avais des vues sur elle depuis un certain temps. C'est une de ces filles qui m'ont dit non et comme vous le savez probablement, ce sont celles qui vous restent le plus en tête.

Je lui fais un léger signe de tête entendu.

— Ce qui est vraiment malsain, c'est que j'ai une relation quelque peu compliquée avec ses parents. Disons simplement que son père me doit une faveur, une grande faveur. Les choses ne vont pas si bien pour lui et il semble que tout ce pour quoi il a travaillé va bientôt s'écrouler.

— C'est dommage.

— Je ne devrais vraiment pas en parler, dit Franklin en agitant la main.

— Je suis tout ouïe, dis-je, m'asseyant sur le fauteuil, essayant de le mettre à l'aise.

— Vous savez, bien sûr, que c'est l'alcool qui parle, non ?

Il me demande cela parce qu'il essaie de trouver une issue. Il en a déjà trop dit et il est plein de regrets. Agis comme si rien de tout cela n'avait vraiment d'importance.

Je ne veux plus particulièrement en entendre, mais c'est la seule façon dont je pense que je vais décrocher ce poste.

— Quoi qu'il en soit, dit Franklin, pour résumer cette très longue histoire, permettez-moi de dire que je voulais sortir avec elle depuis très longtemps et hier soir, mon souhait s'est réalisé.

— Etais-ce tout ce dont vous aviez souhaité ?

— Oui et non.

— Que voulez-vous dire ? demandé-je.

— Eh bien, c'est difficile à expliquer exactement. Elle m'a refoulé et c'était tout un spectacle à voir, mais ça m'a donné encore plus envie d'elle. J'ai peut-être l'air de me vanter, mais je n'ai pas eu beaucoup d'expériences avec des femmes qui me disent non. Et je l'ai trouvé absolument irrésistible.

— Vraiment ? J'ai eu quelques femmes qui ont refusées et j'ai trouvé que c'était surtout embarrassant et humiliant.

Il me regarde, puis rit du creux de son estomac.

— Tu sais quoi ? Tu es drôle, dit-il.

— Hé, je dis seulement ça comme ça.

— Hm, c'est peut-être ce que j'ai vécu tout ce temps, s'interrompt Franklin. Comment avez-vous appelé cela, un peu d'humiliation et beaucoup d'embarras ? C'est ça ? Quand elles vous disent non et que c'est tout ce que vous pouvez faire pour essayer de les convaincre qu'elles ont tort ?

— Le fait est que parfois elles ne sont tout simplement pas intéressés, dis-je, sentant notre conversation dériver.

— Non, dit définitivement Franklin. C'est là que vous vous trompez. Elles ne veulent peut-être pas de vous maintenant, mais cela ne signifie pas qu'elles ne changeront pas d'avis. De plus, vous savez comment c'est dans les films. Le gars avec qui elles ont le plus de tension, celui qu'elles prétendent détester, c'est celui avec lequel elles finissent toujours.

Je serre la mâchoire et détourne le regard.

— C'est exactement ce qui se passe dans les films, dis-je. Ce n'est pas vraiment ce qu'elles veulent.

Franklin finit sa boisson et la pose sur la table, faisant un fort cliquetis.

— Je suis très heureux que vous soyez venu me voir, Henry Asher. Je ne savais pas vraiment ce que vous pouviez apporter à la table, mais maintenant je sais que nous avons été réunis pour une raison.

— Vraiment ? Ai-je demandé.

— Vraiment. Le fait est que vous avez beaucoup à apprendre de moi. Beaucoup.

Mes mains se forment en poings, mais je ne dis rien en réponse.

— Le truc, c'est que dans cette vie, Henry, vous devez poursuivre ce que vous voulez. Que ce soit un travail ou une femme. Vous ne pouvez pas prendre un non comme réponse. Sinon, vous n'obtiendrez jamais ce que vous voulez.

LE LENDEMAIN, je découvre que j'ai obtenu le poste. Je suis content, bien sûr, mais une partie de moi est inquiète. Il est la dernière personne pour laquelle j'ai envie de travailler et pourtant il est le seul à me donner une chance de faire ce que je veux.

Je décide de ne pas dire à Aurora ce qui s'est réellement passé lors de l'entretien et de simplement célébrer le fait que j'ai un travail qui paie plus de quarante mille dollars par an avec des avantages sociaux.

— Je savais que tu aurais ce travail, je le savais, Aurora s'épanche au cours d'un dîner dans un restaurant chic du centre-ville que nous avons évité comme la peste avant ce soir.

— Eh bien, je n'en étais pas si sûr. Il était très utile d'avoir passé en revue certaines de ces histoires de crime vraies populaires que tous les podcasts couvrent. , je la rassure. Il a vraiment aimé le terrain que j'ai proposé.

Cette partie est vraie, même si le reste de ce que je lui ai dit ne l'est pas. Lorsque notre vin arrivera, je me promets que ce sera la dernière fois que je lui mentirai sur quoi que ce soit. À partir de cet instant, je ne vais lui dire que la vérité. Je ne savais pas à quel point il serait difficile de tenir cette promesse.

23

AURORA

Henry a obtenu le poste. C'est dur à croire. En fait, je suis toujours sous le choc. Pourquoi Franklin embaucherait-il mon petit ami pour travailler pour lui ? La seule explication possible est qu'il ne sait pas vraiment que je suis la petite amie d'Henry.

Je cherche dans mon esprit tout ce que je lui ai dit, puis tout ce que ma mère pourrait avoir dit. Non, je suis certaine que si Franklin avait su que Henry était mon petit ami, il ne l'aurait pas engagé. Mais encore une fois...

Et s'il savait ?

Je demande à Henry des détails sur ce qui s'est passé dans l'interview et il devient évasif. Il y a quelque chose qu'il ne me dit pas, mais je n'ai pas d'autre choix que de laisser tomber.

Je suis contente pour lui. Et après tout, ce n'est pas seulement Franklin qui a pris la décision de l'embaucher. Je suis certaine que mon père a eu une certaine influence. C'est peut-être pour ça. Peut-être que malgré ce que voulait Franklin, mon père avait insisté pour qu'ils donnent à Henry le poste pour m'aider.

Malgré le fait que je sois heureuse qu'Henry fasse maintenant ce qu'il aime, et qu'il l'aime vraiment, mes jours de congé me manquent. Mes journées avec Henry me manque. Je vais toujours en cours et je travaille sur ma thèse, mais je regrette de ne pas l'avoir à la maison pour passer du temps avec lui.

Après que nous ayons été expulsés de son appartement, mes parents nous ont laissé emménager dans mon ancien appartement, qu'ils n'ont bien sûr pas loué comme ils l'avaient dit. Ils ont envoyé leur assistant pour nous aider à nous installer, et les déménageurs ont trimballé toutes nos affaires d'un endroit à un autre.

— Je ne peux pas croire que tu ne portes pas vraiment de cartons quand tu déménages, dit Henry avec un large sourire sur son visage.

Je lève les yeux au ciel. Honnêtement, on ne se lasse jamais des avantages de la classe supérieure.

Lorsque nous faisons le premier pas, tout va bien. Henry travaille de longues heures, mais nous essayons de nous réserver le temps que nous pouvons pour nous.

Il me manque et nous le compensons avec des séances d'amour intenses sous la douche et dans la cuisine et partout ailleurs, tout comme nous l'avons fait lorsque nous avons emménagé ensemble pour la première fois.

Mais alors, comme les semaines se transforment en mois, quelque chose change. Ses heures s'allongent de plus en plus car il travaille sur une date limite après l'autre. Il commence à voyager. Au début, c'est un endroit local comme Long Island ou Albany ou Rhode Island. Mais ensuite, ses voyages l'emmènent à Chicago, en Iowa et même au Nevada, et je ne le vois pas pendant des semaines.

Quand il revient, les choses sont différentes. Nous passons du temps ensemble, mais nous ne sommes pas en phase. Il y a des choses que je fais autour de la maison qui contrastent complètement avec ce qu'il pense que je devrais faire, et il y a des choses qu'il fait qui me dérangent énormément.

Je continue de lui dire que nous devons nous reconnecter et nous promettons d'essayer.

Nous sortons. Au début, nous allons au cinéma, dîner, et après un certain temps, quand nous sommes vraiment fatigués, nous nous contentons de Netflix et de nous détendre. Le seul problème est qu'après tout ce temps séparés, notre relation est froide. Nous nous pelotonnons sur le canapé, chacun prenant un côté séparé, et nous endormons, comme de vieux amis, ou pire encore, des colocataires éloignés.

Pourtant, nous restons ensemble. Nous traversons ce que je suppose être juste une période sèche. Cela ne peut qu'aller en s'arrangeant. Les gens ont traversé bien pire et sont passés de l'autre côté. Mais plus les semaines passent, plus cela devient difficile. A chaque voyage, il s'éloigne de plus en plus de moi jusqu'au jour où j'en ai assez.

— Je ne pense pas que nous devrions vivre ensemble, dis-je quand il rentre de son voyage au Nebraska.

— De quoi parles-tu ? demande-t-il.

— Je ne sais pas, mais je n'ai plus l'impression que l'on forme un couple. Pas toi ?

— Écoutes, je suis vraiment fatigué, dit-il en secouant la tête. Je viens de rentrer à la maison et je ne peux pas discuter de ça avec toi pour le moment.

Je sais que ce n'est pas le bon moment pour en parler, mais j'y pense depuis qu'il est parti et je ne voulais pas en parler sur FaceTime.

— Pouvons-nous y revenir demain ? demande-t-il.

Je lui fais un léger signe de tête et ouvre mon ordinateur. J'ai tellement de travail à faire sur ma thèse, et pourtant je n'arrive pas à me concentrer. Je n'ai pas écrit un mot depuis deux semaines.

Le lendemain matin, il dort tard et je vais en classe. Quand je reviens, il n'est plus là. Franklin lui a demandé de couvrir une histoire de rupture.

— C'est l'essentiel du SMS que j'ai reçu, dis-je à Ellis pendant le dîner.

J'ai appelé trois autres amies, mais personne n'était disponible pour parler. Ellis qui venait de rompre avec son petit-ami était plus qu'heureuse de sortir entre filles et de boire quelques verres et de parler mecs.

— C'est un connard, dit-elle rapidement.

Je hausse les épaules.

— Il travaille juste trop dur et ce travail prend le dessus sur sa vie.

Ellis secoue la tête.

— Tous les gars de cette ville sont les mêmes, insiste-t-elle. J'avais l'habitude de sortir avec un gestionnaire de fonds spéculatifs, et il ne vranais chez moi que pour baiser. En fait, à bien y penser, c'était probablement l'une de mes relations les plus honnêtes.

Je ris nerveusement, trop gênée pour lui dire que cela fait des mois que Henry et moi ne l'avons pas fait. Au début, c'était juste la seule chose qui nous tenait ensemble et qui donnait du piment à notre relation, puis c'est la chose qui nous a séparés.

J'avais tellement de ressentiments envers lui pour son absence, la dernière chose que je voulais faire était d'avoir des relations sexuelles avec lui à son retour.

— Je suis sûre que ça s'améliorera dit Ellis, pas très convaincante. Soit ça, ou peut-être que tu devrais juste le larguer et trouver quelqu'un sans un travail avec beaucoup de pouvoir.

— C'est tout le problème, dis-je. Je suis contente qu'il poursuive ses rêves, mais je souhaite juste qu'il ait un peu plus de temps pour moi dans le processus.

— Que puis-je dire ? demande Ellis. Tu sais ce que je ressens pour les gars, ce qu'un homme peut faire, un autre le peut aussi.

C'est une façon cynique de penser aux relations, mais encore une fois, Ellis ne se blesse pas facilement, alors peut-être qu'elle a raison.

Pourtant, je ne veux pas abandonner. Pas facilement et non sans combat. Mon téléphone vibre et je regarde l'écran.

— J'ai besoin de te parler, écrit Henry et je paie ma tournée.

Quand je rentre à la maison, je me prépare à une autre dispute déguisée en mauvaise discussion, mais il me surprend. Il me prend dans ses bras et m'embrasse et me dit qu'il va aller mieux et qu'il va tout remettre en ordre. Je le ramène et nos corps tombent dans cette danse familière.

Il fait courir ses doigts de haut en bas sur mes côtés et me fait sentir vivante. J'essaie de protester, mais mes jambes s'ouvrent à lui toutes seules.

Cette fois, nous n'atteignons pas la chambre. Nos vêtements ne se détachent qu'à moitié et il me presse contre le comptoir de la cuisine, me pliant en deux.

Portant toujours les talons aiguilles que je portais pour le dîner, je suis à la hauteur idéale pour qu'il me prenne par derrière. Ses mains cherchent avidement mes seins et ses lèvres embrassent les miennes de cette manière bâclée que seules deux personnes complètement dépassées par leurs sens peuvent.

Cette fois, je n'ai pas besoin du bandeau ou de la cravate autour de mes poignets.

Cette fois, je me laisse aller et je décolle immédiatement.

Je le veux tellement que je ne peux même pas m'arrêter si je l'avais voulu.

Il gémit mon nom peu de temps après que j'ai crié le sien. Ensuite, nous nous allongeons dans les bras l'un de l'autre sur la tuile dure pendant quelques minutes, en reprenant notre souffle. Lorsqu'il passe son bras autour de moi, il m'embrasse et nous recommençons.

24

———

AURORA

J'AVAIS ESPÉRÉ que cette nuit aurait changé les choses, mais deux jours plus tard, il est envoyé au Kentucky pour une autre histoire et la distance me submerge comme un tsunami.

Nous textotons et nous nous appelons sur FaceTime, mais seulement occasionnellement, quand il a quelques minutes ici et là. Je sais que les couples des décennies précédentes ont subi des séparations plus longues avec moins de connexions technologiques, mais cette relation est trop récente et j'ai besoin de plus de réconfort.

En plus d'écrire des articles, Henry possède maintenant un podcast True Crime qu'il recherche et enregistre lui-même, n'ayant qu'une aide nominale à la production. C'est une belle opportunité pour lui. Son public grandit et il se fait vraiment un nom dans le milieu, mais cela ne change pas le fait que nous continuons à nous éloigner de plus en plus.

Terminer ma thèse est une bataille difficile. Je perds du temps sur Instagram et dans de vraies librairies de briques et de mortier à lire des livres pour le plaisir plutôt que pour l'analyse. Finalement, au cours des deux derniers mois du semestre, je me force vraiment à me concentrer et à la terminer.

Ma présentation est prévue pour le 5 mai à deux heures de l'après-midi. Je dois résumer toutes les recherches et les conclusions que j'ai faites et répondre aux questions du public. Techniquement, tout le monde peut assister à un doctorat, y compris les étudiants, les assistants d'enseignement, les professeurs et même les doyens de l'université.

Je n'aime pas trop la prise de parole en public, ce qui signifie que je ne la prépare pas réellement, alors j'espère que mon créneau horaire ne s'avérera pas particulièrement attrayant pour la communauté universitaire.

Quand je me présente dans la salle de conférence vide, je laisse échapper un bref soupir de soulagement, pour être désagréablement surpris de découvrir que je suis dans la mauvaise pièce. Quand il est presque temps pour moi de présenter et qu'il n'y a toujours personne ici, je vérifie le numéro de la salle et je réalise que la mienne est de l'autre côté du couloir.

Merde.

Merde.

Merde.

En regardant par la petite fenêtre de la porte, je vois que la salle est pleine à craquer.

Je prends une profonde inspiration et essaie de bloquer toutes les pensées négatives qui se glissent dans mon subconscient.

Ils ne se moqueront pas de moi.

Ils ne se moqueront pas de moi.

Tout va bien se passer.

Je ne vais pas me ridiculiser.

Lorsque j'ouvre la bouche et commence à parler, lentement mais sûrement, mon anxiété commence à se dissiper.

J'ai révisé ma présentation une centaine de fois, et après un début hésitant, les mots jaillissent de moi. Quand je me perds dans ce que je dis, toutes ces autres personnes cessent de compter autant. Peu m'importe ce qu'ils disent parce que je sais que le travail que j'ai fait est important et significatif.

Un professeur qui se concentre sur la pop-culture demande quel impact je pense qu'un livre comme *Cinquante Nuances de Grey* a eu sur l'expérience féminine moderne et un vieux professeur de littérature anglaise se demande pourquoi l'accent devrait autant être mis sur la sexualité que sur d'autres choses.

Mes réponses sont réfléchies et ont suscité plus de discussions, cette fois de la part des étudiants et des autres professeurs de l'auditorium. Après un petit moment, je perds le contrôle de la pièce alors que l'attention s'éloigne de moi, et je ne pourrais pas être plus heureuse.

CE VENDREDI-LÀ, je porte une casquette et une robe et je traverse la scène pour obtenir mon diplôme. Henry est censé être là, mais il ne l'est pas. Il n'a pas réussi à se défendre non plus. Il y a des développements majeurs dans le cas sur lequel il travaille et il fait même des interviews avec NBC News et Dateline. De plus, Franklin l'avait prévu pour un enregistrement improvisé en direct de son podcast au Louisville Theatre qui s'est vendu en vingt-quatre heures.

Ce n'est pas que je ne suis pas contente pour Henry et tout son succès, c'est juste que j'ai l'impression que nous ne sommes pas sur la même longueur d'onde. Même si nous avons encore des moments occasionnels où nous sommes synchronisés, il y a de plus en plus de moments où j'ai l'impression qu'un océan nous sépare.

Je ne sais pas exactement comment y faire face ni ce que je peux faire pour le changer. Je suis là pour lui et je l'attends, mais je ne peux pas en prendre plus. Bien sûr, maintenant que j'ai terminé mon doctorat, je peux théoriquement le rejoindre dans ses voyages, mais je ne sais pas s'il y a une place pour moi là-bas.

Il travaille douze heures par jour et que ferais-je au Kentucky ? Rester dans la chambre d'hôtel à l'attendre ? je peux faire la même chose ici à New York.

Ce sont les pensées qui tournent dans ma tête lorsque je sors avec le reste de ma classe. Mes parents m'attendent sur la pelouse, avec des centaines de parents, grands-parents et enfants d'autres diplômés.

C'est un jour heureux dans ma vie. J'ai travaillé très dur pour en arriver là où j'en suis et je ne laisserai pas Henry le gâcher pour moi.

Mes parents me font un câlin chaleureux, pratiquement en même temps. Ils ont amené quelques-uns de leurs amis et après quelques félicitations d'usage, ils reprennent le travail sur leurs téléphones.

Thomas est là aussi, probablement sur l'insistance de ma mère. Il a douze ans et n'est pas particulièrement intéressé par les fonctions familiales, mais quand je lui fais un petit câlin, il me fait un câlin.

Plus tard dans la soirée, après le dîner et après le retour de Thomas à la maison, mes parents me disent qu'ils ont quelque chose à me dire. J'ai bu quelques verres, et je me sens toujours un peu d'humeur festive, alors je demande si ça peut attendre jusqu'à demain.

— Non, dit maman. C'est très important. Nous devons en parler maintenant.

Ce sont des invités dans mon appartement et je ne peux pas vraiment les faire partir, alors je pense que la meilleure chose à faire est de les écouter.

— Je sais que c'est ta grande soirée, chérie, dit mon père. Et je veux que tu saches que nous sommes très fiers de toi.

— Merci beaucoup, dis-je en hochant la tête.

— Le fait est que... Le ministère de la Justice enquête sur Tate Media.

J'entends ce qu'il vient de dire mais les mots n'ont aucun sens.

— De quoi parle-tu ? demandé-je.

— Je ne peux pas en parler ici, dit-il en regardant dans la pièce.

Je fronce les sourcils.

— De quoi tu parles ? lui demandé-je à nouveau.

— Sans en dire trop, intervient maman. Nous nous battons contre un dossier que les gens du ministère de la Justice construisent contre ton père.

Je ne comprends toujours pas. Ma mère me fait signe de les suivre à l'extérieur.

25

AURORA

L'air frais et froid est agréable contre ma peau chaude. Je resserre le col de mon manteau. Mes parents ne sont pas du genre à se promener à neuf heures du soir, mais ce soir est une exception.

— Ton père ne veut pas te dire cela, dit ma mère. Mais il a beaucoup de problèmes. C'est très sérieux.

Ma bouche s'ouvre.

Malgré tous les problèmes que j'ai eus avec eux, ils ont été ces êtres semblables à Dieu dans ma vie, intouchables par qui que ce soit ou quoi que ce soit.

En les regardant maintenant, j'ai du mal à croire que les choses ont changées. Mes mains tremblent un peu, mais je me force à me concentrer et à rester calme. Je ne peux pas paniquer avant de savoir ce qui se passe vraiment et je ne peux pas leur laisser voir à quel point je suis inquiète.

Je dois rester forte.

Nous traversons une rue, puis une autre. J'attends qu'ils commencent à parler, mais ils ne le font pas. Enfin, lorsque nous atteignons la bodega à trois pâtés de maisons de là, je me tourne vers mon père et lui demande catégoriquement :

— Que se passe-t-il vraiment ?

Mon père regarde le sol mais ne dit rien.

— L'entreprise perd de l'argent depuis longtemps, intervient maman. Nous nous sommes impliqués dans de nombreux investissements qui ne se sont pas aussi bien déroulés que nous le pensions. Un certain nombre d'entreprises ont fait faillite et il y a eu quelques irrégularités financières avec certaines des autres dans lesquelles nous avions investi.

J'acquiesce, la poussant à continuer.

— Nous avons fait de notre mieux pour savoir quoi faire, et jusqu'à présent, nous n'avons pas particulièrement réussi. La meilleure chose à faire serait de trouver un acheteur, mais il est important de s'assurer que nous pouvons obtenir un bon prix. Et comme tu le sais, nous ne pouvons pas obtenir un bon prix si les gens ne pensent pas que Tate Media vaut beaucoup.

Je lui fais un autre signe de tête juste pour lui montrer mon intérêt.

— Nous avons eu quelques acheteurs potentiels, intervient papa. Nous pensions qu'ils allaient se lancer, mais à la toute dernière minute, ils se sont retirés.

— Pourquoi ne m'as-tu rien dit de tout ça ?

— Nous ne voulions pas vraiment te déranger avec tout ce qui se passait, dit-il.

Je secoue la tête et marche sur place pour rester au chaud.

Tout en moi me dit de retourner à mon appartement et de simplement grimper sous les couvertures, mais je ne peux pas. C'est très grave et je dois y faire face de front.

— Voici la chose, Aurora, dit ma mère en mettant son bras sur mon épaule.

— Nous avons trouvé un acheteur et il est très intéressé.

— Bien, dis-je avec un sourire forcé. Alors, qu'est-ce qui ne va pas ?

— La seule façon dont il suivra la vente, étant donné la mauvaise performance de l'entreprise, c'est si... tu en fais partie.

— De quoi parles-tu ? demandé-je.

— Eh bien, tu as apparemment fait une bonne impression et il veut que tu... Sa voix s'éteint.

Mon regard va et vient entre elle et mon père.

Mon père regarde le sol et elle regarde quelque part devant moi.

— Que se passe-t-il ici ? leur demandé-je à tous les deux.

— Le truc c'est que... Maman commence à dire, mais sa voix s'éteint.

— Dis-moi simplement. , insisté-je.

— D'accord, dit-elle en prenant une profonde inspiration.

Maman recommence, mais encore une fois, elle est incapable de le dire.

— Il veut que tu l'épouses, dit mon père, la coupant. Il veut que tu sois sa femme.

— Quoi ? Non, dis-je en secouant la tête. C'est hors de question.

— Tu vois, dit papa en se tournant vers ma mère. Qu'est-ce que je t'avais dit ? Il n'y a aucun moyen qu'elle le fasse.

— Pourquoi voudrait-il m'épouser ? Qui est-ce ? demandé-je, tirant sur son pardessus pour le faire se retourner. Dis-moi tout.

— C'est Franklin Parks, dit doucement ma mère.

Je la regarde.

— Que voulez-vous dire ? demandé-je.

— Franklin est l'acheteur.

— Non, non, dis-je en secouant la tête. Il travaille pour vous.

— C'est plus compliqué que ça, dit mon père en s'éloignant de moi.

Ses yeux évitent les miens.

Je ne l'ai jamais vu aussi vaincu.

Je secoue la tête et tape du pied sur le sol.

— Que se passe-t-il ? leur demandé-je à maintes reprises.

— Franklin dirige la division du crime parce qu'il voulait acquérir de l'expérience et en apprendre un peu plus sur la culture de l'entreprise et la façon dont nous faisons les choses ici, dit papa. Il voulait également être impliqué dans le processus d'embauche de tous les nouveaux employés. C'est un test pour lui. Mais en réalité, c'est un homme très riche qui est prêt à acheter Tate Media, au bon prix.

— Alors, pourquoi ne l'achète-t-il pas tout simplement ? demandé-je.

Ma mère lève un peu le menton en l'air, concentrant ses yeux directement sur les miens.

— Il a beaucoup entendu parler de toi, dit-elle après une longue pause. J'ai vu des photos de vous, je vous ai vus sur les réseaux sociaux.

— Et il est très intéressé par ce qu'il a vu, ajoute mon père.

La chair de poule commence à se former sur ma peau.

Je déteste la façon dont ils parlent de moi comme si j'étais une sorte de denrée rare.

— Attends une seconde, dis-je en secouant la tête. C'est pour ça que tu m'as demandé d'aller à ce gala avec lui ?

— Oui, bien sûr, dit-elle. Il voulait mieux te connaître et, apparemment, il a aimé ce qu'il a vu.

— Comment le pourrait-il ? je demande. Je l'ai rejeté. Je lui ai dit d'aller se faire voir, en tant de mots.

— Je ne sais pas, dit maman.

— Pourquoi est-il même intéressé ? Il m'a dit qu'il ne se souciait pas de sortir avec quelqu'un en particulier, encore moins d'épouser quelqu'un. Pourquoi diable veut-il m'épouser ?

— Je ne sais pas, dit ma mère. Nous ne savons pas. Il a ses raisons, j'en suis sûre. La seule chose que nous savons, c'est que la seule façon pour qu'il reprenne l'entreprise et fasse disparaître cette enquête du ministère de la Justice, est que tu acceptes de l'épouser.

Nous ne pouvons pas parler à l'intérieur au cas où l'endroit serait sur écoute, alors je parle à mes parents pendant longtemps debout à ce coin de rue.

Je continue à leur demander pourquoi, pourquoi, pourquoi, mais ils répètent sans cesse la même chose sans me donner plus d'informations.

Finalement, j'abandonne et je rentre chez moi. Je leur dis que je vais y réfléchir mais, en réalité, je n'ai aucune intention à faire quelque chose de la sorte.

Il doit y avoir un autre moyen pour eux de vendre l'entreprise, si c'est ce qu'ils veulent faire.

Je ne sais toujours pas si c'est la bonne décision.

Ils ont passé toute leur vie à construire cette compagnie à partir de zéro, alors pourquoi la vendre maintenant ?

Toutes les choses que je ne sais pas sur cet accord pourraient remplir le contenu de la bibliothèque de New York.

Quand je leur demande d'expliquer davantage ce qui se passe avec l'entreprise elle-même, ils refusent. Ils soutiennent que c'est pour ma propre sécurité, car moins j'en sais, moins le ministère de la Justice peut m'accuser de le savoir.

Mais où cela me laisse-t-il ?

Quand je rentre à la maison et que je me recroqueville dans mon lit, pour la première fois depuis longtemps, je suis vraiment heureuse que Henry ne soit pas là. J'étais en colère contre lui d'avoir raté ma remise de diplôme, mais étant donné cette bombe que mes parents ont jetée sur mes genoux, je suis contente de ne pas avoir à prétendre que tout va bien.

———

26

AURORA

Le lendemain matin, je me réveille avec un mal de tête lancinant et cela ne fait qu'empirer à chaque heure qui passe. Je bois beaucoup d'eau et quelques tasses de café, mais rien n'y fait. Peut-être que le café le rend encore pire ? La nuit dernière a été difficile à gérer.

Je continue d'essayer de digérer ce qui s'est passé, et tout cela est en vain. M'ont-ils vraiment demandé de faire ce que je pense qu'ils ont fait ?

M'ont-ils vraiment demandé d'envisager d'épouser Franklin Parks ?

Savent-ils même qui il est ?

En outre, dans quel siècle vivons-nous pour qu'il s'agisse d'une proposition réaliste ?

Pourtant, je connais assez bien mes parents pour savoir qu'ils n'ont pas fait ça avec un cœur léger. Ils m'aiment et se soucient de moi, même si ce n'est pas autant que je le voudrais.

Au fond de mon cœur, je sais qu'ils ne me demanderaient jamais de le faire s'ils pensaient avoir un autre choix.

Mais pourquoi ? Les pensées continuent de tourner dans mon esprit jusqu'à ce que je me sente étourdie.

J'avais posé cette question encore et encore la nuit dernière, mais ils ne pouvaient pas me donner une réponse meilleure que celle qu'ils m'avaient déjà donnée.

Non, je dois aller à la source.

J'ai besoin de parler à Franklin.

Mon téléphone sonne et c'est Henry. J'envisage de l'ignorer et de lui dire que je suis occupée, mais une autre partie de moi ne peut pas se résoudre à lui mentir à propos d'une autre chose.

Non, il vaut mieux lui parler maintenant car il sera probablement occupé plus tard.

— Salut, dis-je en le mettant sur le haut-parleur. Comment vas-tu ?

Il me raconte sa journée et l'enquête sur laquelle il travaille.

Je n'écoute qu'à moitié, attendant mon tour pour parler.

— Alors, tu te rends compte ? demande-t-il avec enthousiasme.

— Attends, quoi ? demandé-je distraitement.

J'avais apparemment espacé un peu trop longtemps.

— Tu m'écoutes ? demande Henry.

L'irritation de sa voix est difficile à ignorer.

— Oui, bien sûr, dis-je. C'est juste que, eh bien, tu sais que j'ai obtenu mon diplôme hier ?

Cela ressemble plus à une question qu'à une déclaration.

— Oh mon Dieu, oui, bien sûr ! Je suis vraiment désolé. Je ne peux pas croire que j'ai oublié. Je veux dire, je n'ai pas oublié mais -

— Tu ne m'as même pas envoyé de texto la nuit dernière, je souligne amèrement.

— Je suis vraiment désolé, dit-il.

— Ça va. Je sais que tu es occupé.

— Pourtant, ce n'est pas une excuse. Je suis vraiment un connard, admet-il.

Oui, vraiment, me dis-je silencieusement.

— Quoi qu'il en soit, je suis sorti dîner avec mes parents et Taylor et c'était assez sympa, dis-je avec un haussement d'épaules.

— Écoute, dit-il, me coupant court. Je suis désolé, mais je ne peux vraiment pas parler pour le moment.

— N'est-ce pas toi qui m'as appelé ?demandé-je.

— Oui, mais je suis désolé. Il y a quelqu'un à l'autre bout et je dois vraiment prendre cet appel.

Je secoue la tête avec incrédulité.

Je n'allais pas lui parler de Franklin, mais je
voulais au moins lui parler, avoir une vraie
conversation pour une fois.

— J'en ai assez, dis-je doucement.

— D'accord, donne-moi une seconde, dit-il et me
met en attente. Quand il revient, il demande :

— Qu'est-ce que tu veux dire par là, tu en as assez
?

— Je ne comprends tout simplement pas ce que
nous sommes en train de faire là, j'admets. Nous
sommes si bien ensemble quand nous sommes
réellement ensemble, mais les choses ne vont
pas bien depuis longtemps. Tu n'es pas d'accord
?

— Ouais, je suppose, dit distraitement Henry.

— C'est comme si nous n'étions pas sur la même
longueur d'onde et que nous ne l'étions pas
depuis longtemps. Comment allons-nous y
remédier ?

— Je ne sais pas, Aurora. Je ne peux pas en parler pour le moment. J'ai beaucoup de choses en cours.

— C'est le problème ! dis-je à haute voix. C'est là tout le putain de problème.

Je raccroche le téléphone et le jette sur le lit. Ce n'était pas ce que je voulais faire aujourd'hui et pourtant soudain ma vie semble être remplie de choses que je ne veux pas.

Quelques instants plus tard, Henry me rappelle via FaceTime.

Je me regarde brièvement dans le miroir. Je ne porte pas de maquillage. Mon visage est gonflé et mes cheveux sont hors de contrôle.

Je ne veux pas, mais je réponds quand même.

— Qu'est-ce que tu veux ? demandé-je, m'attendant à ce qu'il s'excuse.

— Je pense que nous devons parler, dit-il.

— Je pensais que tu n'avais pas le temps de parler, dis-je.

— Je ne sais pas, mais je vais prendre du temps.

Je ne sais pas quoi dire alors j'attends juste.

Il regarde le sol puis me revient lentement. Il prend une profonde inspiration.

— Je suis d'accord avec toi, dit-il doucement. Nous nous éloignons depuis un moment maintenant.

— Je sais, dis-je.

— Je continue de penser que cela va s'améliorer, mais cela ne se produit pas. J'espérais que tu voudrais venir ici après la fin de l'année. J'allais te demander aujourd'hui, avant de nous lancer dans cette dispute ridiculement stupide.

Je prends une profonde inspiration et expire lentement.

— Et qu'est-ce que je vais faire là-bas ? demandé-je. M'asseoir simplement dans la chambre d'hôtel et attendre que tu reviennes ?

Il secoue la tête, ne sachant pas comment répondre.

Je suis perdue aussi. J'ai l'impression que nous sommes dans une impasse. Je veux passer plus de temps avec lui mais tout son temps est consumé par son travail, que je ne suis même pas sûr qu'il gardera encore longtemps.

Je veux lui raconter cela et tout ce qui s'est passé, comme je le faisais lorsque nous étions ensemble pour la première fois. Mais quelque chose me retient. Je ne sais pas ce qui se passe avec mes parents et j'ai peur de lui en dire trop.

Je ne sais pas ce qui se passe avec le ministère de la Justice ou l'enquête ou pourquoi ils sont si certains que Franklin est le seul moyen de sauver leur entreprise. J'ai peur d'en parler à Henry au cas où je ne pourrais pas les protéger, ni lui, si tout se passe mal, encore plus que maintenant.

Henry et moi discutons un long moment, tournant en rond pour la plupart. Il continue d'insister sur le fait qu'il s'agisse de son dernier déplacement, mais c'est la même chose que j'entends depuis quelques mois.

Une grande partie de moi se sent ridicule de lui demander de s'absenter juste pour être avec moi, mais une autre partie de moi pense que je mérite un petit ami qui veut passer du temps avec moi.

Quand je sens que notre conversation touche à sa fin, nous ne sommes pas plus près de résoudre ce dont nous avons parlé.

— Alors, qu'en penses-tu ? demande-t-il. Veux-tu venir vivre avec moi ici ?

— Au Kentucky ? je demande.

— Oui. Juste pour le moment. Je veux dire, ce n'est pas comme si tu travaillais en ce moment.

— Ouais, non, je ne peux pas, dis-je.

— Pourquoi pas ?

Parce que je dois comprendre ce qui se passe avec les affaires de mes parents et pourquoi ils me demandent d'épouser ton patron, je veux dire. Mais bien sûr que non.

— Le problème est que Tate Media a quelques problèmes, dis-je lentement.

— D'accord. Mais qu'est-ce que cela a à voir avec toi ? je pensais que tu n'avais aucune envie d'y travailler ?

— Cela ne veut pas dire que cela ne me concerne pas. Et cela ne veut pas dire que je ne veux pas aider mes parents. C'est quelque chose que nous traversons tous, dis-je. Je pensais que tu comprendrais cela.

— Non, je comprends cela. Je comprends que j'ai attendu que tu termines ton doctorat afin que tu puisses prendre un peu de temps et le passer avec moi. Mais à la place, tu veux rester à New York et faire qui sait quoi.

— Pourquoi es-tu si en colère ? demandé-je.

— Parce que je ne comprends pas ce qui se passe avec nous, claqua Henry. Je t'aime et tu n'as pas du tout l'air de t'en soucier .

— Bien sûr, dis-je. Bien sûr, je m'en soucie. Je t'aime aussi. Mais ils m'ont contacté et m'ont dit qu'ils avaient beaucoup de problèmes et qu'ils ne me l'avaient jamais dit auparavant. Et je ne peux pas simplement l'ignorer.

— Peu importe, dit Henry en secouant la tête.

Il pose le téléphone pour que tout ce que je vois soit le plafond.

— Henry ! Henry ? S'il te plaît, reviens.

— Quoi ? demande-t-il un peu après. Qu'est-ce que tu veux ?

— Je veux te parler.

— Non, dit-il en décrochant le téléphone et en me regardant droit dans les yeux. Je veux passer du temps avec toi et je veux que tu sois ici avec moi. Qu'est-ce que tu veux ?

Je veux aussi être là avec toi, me dis-je silencieusement.

— J'ai besoin que tu me donnes du temps, dis-je à voix haute. Je viens de découvrir qu'ils ont des problèmes. Hier soir, en fait.

— C'est juste leur façon de te manipuler, Aurora. Tu ne vois pas ça ? Ils ne veulent pas que tu sois avec moi et ils m'ont donné ce travail pour nous séparer. J'en suis reconnaissant, mais je sais exactement ce qu'ils font. Ils font simplement semblant d'être d'accord avec nous et espèrent que la distance nous brisera.

— Eh bien, ne la laisse pas !

— J'essaie, mais tu n'essaie pas assez fort, dit-il.

Cela me met en colère. Mes joues rougissent et mes mains se forment en poings.

— Tu n'as aucune idée de ce que tu racontes, dis-je en fronçant les sourcils. Tu ne sais pas la première chose sur ce qui se passe ici.

— Alors pourquoi tu ne me le dis pas ? demande-t-il.

— Je ne peux pas. Je ne sais même pas ce qui se passe ici. Mais si tu veux le savoir, je te suggère de revenir ici et de te tenir à mes côtés.

— Non, dit-il en secouant la tête. C'est fini.

Mon sang se glace.

— Qu'est-ce que tu racontes ? je demande.

Ses yeux sont sans âme et ils ne clignent pas.

— C'est fini, dit-il froidement.

— Non... murmuré-je.

— Je ne peux plus gérer ça, dit-il. Je suis tellement fatigué de me battre, de me disputer et de tout ce que nous avons fait en plus de nous réjouir mutuellement. Les relations ne sont pas censées être si difficiles.

— Parfois, dis-je d'une voix brisée. Parfois, il faut se battre pour sa relation. Il faut passer par les moments durs pour arriver aux bons moments.

— Eh bien, j'en fais assez et je n'ai plus d'énergie, Aurora.

AURORA

Au DÉBUT, je n'ai pas de nouvelles d'Henry durant toute la journée. C'est le jour le plus long de ma vie et le temps semble s'être complètement arrêté. J'attends toujours qu'il m'appelle pour s'excuser de ce qu'il a dit, mais il ne le fait pas. Le lendemain, j'abandonne l'attente et l'appelle moi-même. Il ne répond pas et encore j'attends. J'attends le troisième jour, quand je ne peux plus attendre et je décroche à nouveau le téléphone et lui envoie un SMS. Une fois, deux fois et une troisième fois. C'est stupide, pathétique et ridicule et je me sens stupide de le faire, et pourtant je ne peux pas m'arrêter. J'ai besoin de lui. J'ai besoin de savoir où nous en sommes. J'ai besoin de savoir si c'est une vraie rupture. Mais plus le temps passe, plus je me rends compte que c'est bien sûr le cas. Il a rompu avec moi et maintenant il ne veut plus entendre parler de moi. Et je suis juste une petite fille stupide qui ne comprend pas quand je n'obtiens pas ce que je veux.

Vendredi, j'abandonne. Je sais qu'il ne veut plus que je le contacte donc je ne le fais pas. Je me promets de ne plus jamais le contacter. Quand Ellis m'appelle et m'invite à sortir boire un verre, je ne veux pas, mais je m'oblige à le faire. J'ai besoin de distraction. Je dois sortir de ma tête et faire quelque chose de productif. Boire n'est pas productif, mais au moins c'est cathartique.

— Je ne peux pas croire que tu aies fait ça, dit Ellis, secouant la tête quand je lui dis à quel point j'étais pathétique. Tu mérites tellement plus que lui. Tu mérites quelqu'un qui au moins répond putain au téléphone.

— Je sais, je ne dis rien. Je suis tellement stupide.

— Oui, dit-elle. Tu n'aurais jamais dû sortir avec lui en premier lieu. Tu aurais dû m'écouter dès le début, mais bien sûr que non. Bien sûr, tu dois sortir et faire tes propres erreurs.

— D'accord, dis-je en agitant la main. J'en ai assez de la leçon. Pouvons-nous simplement passer à la partie rupture de la soirée ?

Elle rit, jetant sa tête en arrière alors qu'elle prend un autre shot et le suit avec un autre. Je la suis, sachant que je vais regretter d'avoir bu tout ça demain et de ne pas en avoir un peu chié.

Elle me félicite pour mon doctorat et me demande ensuite ce que j'ai l'intention de faire avec un diplôme aussi inutile.

— Les doctorats ne sont-ils pas tous inutiles ? demandé-je. Eh bien, non, pas vraiment. Il y a ceux qui les obtiennent même en chimie, en biologie ou en mathématiques.

Je plaisantais, bien sûr. Je faisais juste allusion au fait que la recherche ne paie pas beaucoup par rapport à l'industrie et donc, par nature, tous les doctorants semblent un peu déconnectés, disons-le de cette façon.

— Eh bien, dit-elle, tu devrais admettre que le tien est particulièrement inutile.

Je hausse les épaules et regarde dans mon verre tandis que le liquide glisse sur la glace.

— J'aime lire et j'aime lire la fiction populaire et j'aime étudier, donc c'était une bonne combinaison des trois. Beaucoup mieux que d'aller là-bas et essayer de comprendre ce qui se passe avec Tate Media. Je la regarde pour observer sa réaction et la voir mordre sa lèvre inférieure.

— Oh merde, dis-je. Qu'est-ce que tu sais ?

— Eh bien, je ne voulais pas en parler...

— Allez, tu dois me le dire. Dieu sait que mes parents ne me disent pas grand-chose.

— De quoi parles-tu ? demande-t-elle.

— Eh bien, je soupire profondément. Ils m'ont dit que l'entreprise était en difficulté, mais ils refusent de l'expliquer à quelque niveau que ce soit. Je suis donc resté ici inquiète sans pouvoir trouver de solutions.

— Comme tu le sais probablement , dit Ellis, c'est partout dans les nouvelles. Tous les analystes de CNBC et d'autres endroits prédisent que l'entreprise ne vaut pas autant que tes parents le disent. Je lève les yeux au ciel.

— Les analystes disent toujours de la merde, dis-je.

— Quoi qu'il en soit, dit-elle, cela ne change pas le fait que Tate Media soit aussi importante que tes parents le disent, n'est-ce pas ?

— Je ne sais pas, dis-je. C'est tout le problème. Ils me laissent dans le floue, puis sélectionnent ce qu'ils me disent.

— Eh bien, tu n'y travailles pas officiellement, souligne Ellis. Peut-être qu'ils ne veulent tout simplement pas que tu t'inquiètes.

— C'est tout le problème, dis-je en haussant les épaules. C'est tout le putain de problème ! Ils ne veulent pas que je m'inquiète? je suis inquiète maintenant. Le jour de mon diplôme, ils m'ont lancé cette bombe en disant qu'ils essayaient de vendre l'entreprise, un fait dont je n'avais aucune idée, puis ils m'ont dit de ne pas m'inquiéter. Eh bien, je suis inquiète. Et je n'y travaille pas maintenant, mais peut-être que je devrais. Peut-être que ce genre de chose ne se produirait pas.

— Ouais, peut-être, dit Ellis.

Nous en parlons longtemps jusqu'à la dernière heure. Parfois, Ellis n'est pas une très bonne amie, mais ce soir, elle l'est. Et j'apprécie vraiment ça. Le seul problème est que j'aimerais pouvoir lui en dire plus. J'aimerais pouvoir lui dire ce que mes parents m'ont dit à propos de Franklin et je voudrais pouvoir lui dire que demain je le rencontrerai pour parler de tout ce que cela implique. J'aimerais pouvoir lui dire la vérité parce que quelqu'un devrait le savoir. Quelqu'un d'autre que moi.

28

———

AURORA

J'ARRIVE à son penthouse à sept heures du soir le lendemain. Il m'a invité ici, j'ai dit non, puis ma mère m'a appelé et m'a supplié de l'écouter. D'une certaine manière, elle m'a persuadée qu'en prenant ce rendez-vous, je pourrais le convaincre d'acheter simplement Tate Media et de ne pas m'inclure dans le processus. Ne sachant pas quoi faire d'autre et voulant aider mes parents, j'ai accepté à contrecœur.

La maison de Franklin est magnifique, extravagante et moderne. Mais surtout, on voit qu'elle appartient à un célibataire.

Peu importe que ce soit un appartement de quatre cent soixante-quatre mètres carrés dans l'un des quartiers les plus prestigieux de la ville, tout ce que je vois, c'est la table de billard au milieu de la salle à manger et le tapis noir odieux en dessous.

Ses costumes sur mesure et l'emplacement de cet endroit m'ont fait penser qu'il peut avoir un certain sens du style et de la mode, mais cette atrocité révèle la vérité ; il est juste un crétin immature.

Pourtant, je suis agréablement surprise quand il me retrouve à la porte et n'est pas ivre.

Après m'avoir invitée à l'intérieur, Franklin m'offre un verre. Je décline et il verse à chacun de nous un verre d'eau, m'invitant au salon.

La vue d'ici est magnifique. Il y a des fenêtres du sol au plafond qui tapissent tout le mur plein sud de son appartement, regardant les lumières scintillantes à l'extérieur.

— Tu as un très bel appartement, dis-je en regardant autour de moi.

— Je suis content que tu dises ça, dit-il, appuyé contre le canapé.

La déclaration est un peu rebutante.

Je le regarde passer ses doigts dans ses cheveux épais et boire une gorgée d'eau.

— Tu ne bois pas aujourd'hui ? lui demandé-je.

— En fait, je fais une cure de désintoxication. Si t'arrives à y croire.

— Je peux croire beaucoup de choses, dis-je.

— Eh bien, tu ne me connais pas très bien. En fait, cela me fait penser. Je veux m'excuser pour ce qui s'est passé lors du gala. J'ai agi comme un connard fini et... je suis désolé pour ça.

Je m'assois un peu sur mon siège et incline la tête.

— Merci, dis-je après un moment.

— J'apprécie que tu dises ça, il me fait un signe de tête et termine son eau.

— Puis-je t'en servir un autre ? demande-t-il en retournant au bar.

— Non, je montre le verre presque plein dans ma main. Ça va.

— Je voulais te féliciter d'avoir terminé ton programme de doctorat. C'est un véritable exploit, déclare Franklin, prenant place cette fois à côté de moi.

Nos genoux se touchent presque, mais il veille à éviter tout contact réel.

— Merci, dis-je avec un léger sourire. Ça a été beaucoup de travail et ça a été très gratifiant.

— Quels sont tes plans maintenant ?

— Je ne suis pas tout à fait sûr, mais j'envisage mes options chez Tate Media, dis-je. J'en ai assez de ce petit entretien et je veux clore cette conversation rapidement, en allant droit au but.

— Et quel genre d'options envisages-tu ? demande Franklin, en s'appuyant contre le canapé.

— Je ne suis pas vraiment sûre en ce moment. Mais mon père m'a informée que tu souhaites réellement acheter l'entreprise. Est-ce exact ?

— Oui, ça l'est.

— Donc, si c'est le cas, je suppose que je n'ai pas vraiment d'avenir là-bas, non ?

— Cela dépend de toi, dit Franklin.

Notre conversation tourne en rond et je m'en lasse.

— D'accord, permets-moi de le dire ainsi, dis-je, en posant soigneusement le verre sur sa table basse. Mes parents m'ont informé que pour conclure la vente de l'entreprise, tu souhaites m'épouser. Est-ce exact ?

J'attends qu'il s'excuse et fasse amende honorable ou du moins s'explique. Mais au lieu de cela, il dit simplement :

— Oui, je veux t'épouser.

— Pourquoi ?

— Pourquoi je veux t'épouser ?

— Oui. Nous nous connaissons à peine. De plus, tu m'as dit que tu ne t'intéressais pas du tout au mariage, ni à personne.

— Eh bien, disons simplement que tu m'as fait changer d'avis.

— Tu ne me connais pas, insisté-je. Tu me détesterais.

— Pourquoi ne me laisses-tu pas décider de ça ? demande-t-il.

— Parce que ça ne va pas se produire, dis-je en haussant les épaules.

Je me lève et m'éloigne rapidement. Avant d'atteindre la porte, je me retourne sur mes talons et le trouve à quelques pas de moi.

— Je ne vais pas t'épouser, dis-je, le regardant droit dans les yeux. Tu ne peux pas me le demander dans le cadre d'un accord commercial. Je ne suis pas à vendre.

Il rit, rejetant sa tête en arrière.

— Tout le monde est à vendre.

— Non, dis-je. Certainement pas moi.

Il ne dit rien en réponse et je suis sur le point de faire demi-tour et de me diriger vers la porte quand quelque chose me vient à l'esprit.

— Est-ce pour cela que tu lui as donné le job ? lui demandé-je.

— A Qui ?

— A Henry Asher, mon petit ami.

— Oh, oui, il rit. J'ai entendu la malheureuse nouvelle. Je suis vraiment désolé d'apprendre que vous vous êtes séparés. Henry a mentionné quelque chose à ce sujet.

— Non, tu n'es pas désolé, le corrigé-je.

— Non, je ne le suis pas, il rit.

— Alors, c'est pour ça que tu lui as offert ce poste ? Et est-ce pour cela que tu l'as envoyé au Kentucky et en Virginie-Occidentale et Dieu sait où d'autre tout ce temps ?

— Bien sûr, admet Franklin. Quelle est la manière la plus simple de séparer deux personnes qui ne sont pas faites l'une pour l'autre ? Ajoutez un peu de pression et un peu de distance et pouf, la relation s'évapore.

— Pourquoi ne vas-tu pas en enfer ? dis-je en m'éloignant de lui.

— J'y finirai, ne t'inquiète pas ! crie-t-il après moi. Mais tu y seras être avec moi.

À la porte, je me retourne une dernière fois et dis :

— Et juste au cas où tu te poserais la question, non, je ne t'épouserai pas. Je ne t'épouserai jamais.

<hr>

LE LENDEMAIN MATIN, ma sonnette retentit et je suis accueillie par ma mère, complètement affolée et en larmes.

Je ne l'ai pas vue comme ça depuis... Je ne l'ai jamais vue comme ça.

— Qu'est-ce qui ne va pas ? demandé-je en la tirant contre moi.

Elle sanglote et pleure et marmonne quelque chose que je ne comprends pas.

Je lui demande de se calmer et de me dire ce qui se passe.

— Ils ont arrêté ton père, parvient-elle finalement à dire. Ils se sont présentés ce matin à six heures et ont pointé une arme sur son visage. Et quand ils l'ont emmené dans la voiture, il a eu une crise cardiaque.

— Oh mon Dieu, je murmure, mettant ma main sur ma bouche. Non, non !

— Je te l'ai dit, claqua-t-elle, pointant son doigt sur mon visage. Je t'avais prévenue. Je t'ai dit qu'il n'allait pas bien et que le ministère de la Justice s'approchait.

— Je suis vraiment désolée, je marmonne.

Elle enfouit sa tête dans ses mains et pleure. Quand je passe mon bras autour de ses épaules, elle lève les yeux et me regarde.

— Tout est de *ta* faute ! siffle-t-elle.

— Quoi ? Pourquoi ?

— C'est toi qui es allée là-bas et lui a dit que tu ne l'épouserais jamais.

— Franklin ?

— Oui, Franklin, aboie maman. C'est un homme si puissant dont tu n'avais jamais entendu parler. Tout cela se produit à cause de *lui*. Tout cela se produit parce que *tu* as dit non.

Merci d'avoir lu De Dangereuses Fiançailles!

J'espère que vous avez aimé l'histoire de Aurora et Henry. Vous ne pouvez pas attendre de connaître la suite ?

Commencez à lire Un Mariage Mortel dès maintenant !

Commencez à lire Un Mariage Mortel dès maintenant !

INSCRIS-TOI À MA NEWSLETTER !

Tu veux être le premier à être informé de mes prochaines ventes, de mes nouvelles sorties et de cadeaux exclusifs ?

Abonne-toi à ma **Newsletter** et rejoins mon **Club de Lecteur** !

Tous les livres sont disponibles chez TOUS les grands distributeurs !

Si tu n'arrives pas à les trouver, s'il te plaît, envoie-moi un e-mail à l'adresse charlotte@charlotte-byrd.com

Série Soirée interdite

Soirée interdite

Règles interdites

Liens interdits

Contrat interdit

Limites interdites

La trilogie de La maison de York

La maison de York

La couronne de York

Le trône de York

Série Secrets et mensonges

Secrets et mensonges

Secrets et révélations

Secrets et peur

Secrets et colère

Secrets et passion

Série Dis-moi d'Arrêter

Dis-moi d'Arrêter

Dis-moi de Partir

Dis-moi de Rester

Dis-moi de Fuir

Dis-moi de Lutter

Dis-moi de Mentir

Série Emmêlée Dans La Glace

Emmêlée Dans La Glace

Emmêlée Dans La Douleur

Emmêlée Dans La Dentelle

Emmêlée Dans La Haine

Emmêlée Dans l'Amour

À PROPOS DE CHARLOTTE BYRD

Charlotte Byrd est une auteure de best-sellers de romans contemporains. Elle vit en Californie du Sud avec son mari, son fils et un berger australien plein d'énergie. Elle adore les livres, le beau temps et les grandes eaux bleues.

Contactez-la ici : charlotte@charlotte-byrd.com

Trouvez ses autres livres ici : www.charlotte-byrd.com

Suivez-la ici : www.facebook.com/charlottebyrdbooks

Instagram : www.instagram.com/charlottebyrdbooks

Twitter : www.twitter.com/ByrdAuthor

Groupe Facebook : Charlotte Byrd's
Reader Club

Tu veux être le premier à être informé de mes prochaines ventes, de mes nouvelles sorties et de cadeaux exclusifs ?

Abonne-toi à ma **Newsletter** et rejoins mon **Club de Lecteur** !

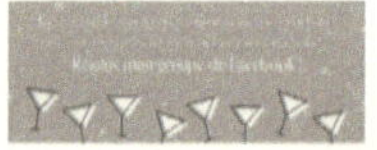